新时代中国乡村振兴指南丛书

宋家沟的远方

屈遐 著

中国建筑工业出版社

图书在版编目（CIP）数据

宋家沟的远方／屈遐著. —北京：中国建筑工业出版社，2019.4
（新时代中国乡村振兴指南丛书）
ISBN 978-7-112-23827-9

Ⅰ. ①宋… Ⅱ. ①屈… Ⅲ. ①纪实文学–作品集–中国–当代 Ⅳ. ① I25

中国版本图书馆CIP数据核字（2019）第123128号

责任编辑：宋　凯　张智芊
书籍设计：锋尚设计
责任校对：赵　颖
封面题字：房木生

新时代中国乡村振兴指南丛书
宋家沟的远方
屈遐　著
*
中国建筑工业出版社出版、发行（北京海淀三里河路9号）
各地新华书店、建筑书店经销
北京锋尚制版有限公司制版
天津翔远印刷有限公司印刷
*
开本：787×960毫米　1/16　印张：16　字数：197千字
2019年9月第一版　　2019年9月第一次印刷
定价：**40.00**元
ISBN 978-7-112-23827-9
（33797）

乡建之要义在于『家国天下』

自从2017年乡村振兴成为国家重大战略以来，我被邀请到村子里去参加的全国性会议多了起来。于是，这段文字就写在了因"五大气候带覆盖下的浅表地理资源条件不同"而千差万别的山水乡村的行走之间……

开头这个小自然段的第二句话，言简意赅地表述了为什么我们这个国家在新时代要通过乡村振兴才能实现向生态文明的伟大转变——被钢筋水泥堆砌的城市，具有反生态的内在性质。只有与大自然内生多样性密切结合为一体的千差万别的乡村，才是生态文明的载体。据此可知，所谓中华文明的伟大复兴，乃是万年生态农业为主要内涵的文明在新时代的复兴！由此，中国人才在21世纪生发出从"乡愁"到"乡建"的多彩故事……

在中国治学的传统中主张格物致知，如今人强调的实践出真知。几十年来带着脚踏实地的乡建团队改写了过于偏斜的西方中心主义倾向，对某些照搬过来的一元论派生对立价值取向造成的跟风炒作也有了基本的识别能力。借此书作序，也寄望于本土的乡村研究者，至少

要做到"理论联系实际"，才能自觉区别于那些浸淫于殖民化知识体系中的发展中国家所谓学术界的数典忘祖。

有鉴于此，这些年我便尽可能地支持那些长期坚持在乡村实际工作中形成理性思考的学者。其中就有对创设了乡建院的李昌平推进的农村实践活动的支持。

乡建院这些年在全国协作建设了212个新农村示范村，还以这些村为案例编写了《新时代中国乡村振兴指南丛书》。李昌平要我为这么丰富的乡村案例集作序，理当领命。

一、审时度势方可处变不惊

首先是想提醒读者，基于我自己20多年在政策界工作的经验，各种基于不同利益集团的不同政策意见本来就无所谓对错，相应带来的对不同利益结构的调整本来也应属正常。至于是非功过，只能留给后人。因此，恳请代表着各种利益结构的大咖们不要把下面的说法对号入座。

接受作序之请，恰逢岁末寒流强劲。一片彻骨肃杀之中提笔，难免想起一句话："冬天都来了，春天还会远吗?"，但那话毕竟是个问号！我们注定要应对巨大挑战！然而，问题不在人家挑战，却在无问东西者与"不知杭汴"者的应对阙如！正所谓"盲人骑瞎马夜半临深池！"近年来之所以连"小员司小业主"们都有临渊之虞，是因为中国一方面正在遭遇国际局势恶化的严峻挑战，另一方面各种被海内外主流利益集团符合规律地生发出来的"灰犀牛"们，正被鞭策着奋蹄破尘……

好在天佑吾华！人们在"渔阳鼙鼓动地来"之际多少地有了些反思和觉醒。与其浑浑噩噩地跟着主流呼喊"40年未有之大变局"——

今人喊破嗓子也不如李鸿章"三千年未有之大变局"那一嗓子喊破了八旗贵胄之天下！

前些年，很多人把"产业结构高度化"和"加快城市化"作为主导思想的时候，我曾经提出过关于"两个50%"的警戒线，试图为决策者增加些思考的材料。一是"如果金融资本为主的所谓服务业占GDP比重超过50%，势必因金融异化于实体而内生性地爆发危机"；这个警戒线已经被突破，中国金融高速度扩张带动服务业占比很快超过了50%。二是"如果真实城市化率超过50%，中国就将不会再有城市资本危机代价向乡村转嫁而实现软着陆的基础"；这也正在被突破，中国现在的统计城市化率已近60%、户籍城市化接近50%……

这两句警语形成于我自1987年从事国际合作项目以来几十年大量开展的国际比较研究，并不表示对现行政策的任何对错。

中国融入全球化带来的演变，基本上符合西方主导资本全球化的规律。其在新世纪的主要变化过程是2001年美国爆发"9·11事件"为代表的政治危机，由此瞬间验证亨廷顿《文化冲突论》而陡然转向对恐怖主义的极高代价的连年战争；同年，美国还在经济上发生IT泡沫崩溃为标志的"新经济危机"。政治经济危机同时爆发，遂使2002年以来外资逃离美国大举进军中国，当然就造成进出口及外汇流入激增，同时当然导致国内人民币升值；这又反过来使外资追求汇率投机更多流入中国，诱使2003年以来几乎不可逆的"货币对冲"超发之下的"中国资金脱实向虚"——那一年的M2与GDP的比值逼近"2"倍。此后发生的，则是符合金融资本运作规律的国内"金融异化"。其直接表现是2007年与美国"次贷危机"同步爆发的中国股灾蒸发掉7万亿人民币的市值。但这显然没有改变输入型危机的规律——中国不分属性的资本巨婴们完全按照西方经济学教科书出牌——在华尔街金融海啸造成外

需更大幅度下降演变为国内实体经济过剩派生的脱实向虚压力下，更多析出资金进入虚拟部门，随之而来的是2015年股市危机销掉21万亿人民币，接续汇市危机销掉1万多亿美元外储……

在长期加快城市化的国家战略下，促使资本及其风险都过度麇集于大城市的作用之下，新世纪第二个10年资金继续"脱实向虚"。这时，无论左派强调国有资本还是右派强调私人资本，金融资本异化都会规律性地造成资本市场和房地产市场的过度投机。不论理论界如何做微观机制及宏观管理制度的解释，海内外投机资本追求流动性获利的内在动因造成全社会承担的巨大的制度成本，正在内生性地演化成绞杀性危机持续演化的复杂局面。

中国在2003年以后成为世界碳排放第一的国家，照搬西方模式高速现代化发展伴生着愈演愈烈的污染和资源环境灾难……即使美国人没有发起以贸易战为名、"新冷战"为实的对华"战略阻断"，中国自己也到了必须调整发展战略的时候了！

党的十八大确立了整个国家的"生态文明"转型方向；5年之后的十九大则确立符合生态文明大方向的"乡村振兴"战略！相应地，自十九大以来，盲目加快城市化及其代表的"粗放数量型增长"的说法，确实很少再见之于官方文件和各地一把手的正式讲话。

无独有偶，2002年中央农村工作会议掷地有声地宣布"三农问题"是全党工作的重中之重！此后则顺理成章地有了2005年9月党中央正式宣布确立"新农村建设"的国家战略。

自那以来，各级财政不断增加三农开支；而后，到2017年乡村振兴提出之际，国家财政最大项开支已经是三农；到2018年累计投入已经高达十几万亿！

中国这种海内外前所未有的大规模三农投入，确实违反被主流认为具有绝对真理意义的市场经济规律，更没有经济学教科书要求的那种短期市场回报！

新时代乡村振兴战略的最实际的作用，是与激进全球化生发出来的"灰犀牛"们赛跑……

一方面，巨大投资加强了农村基础设施和社会建设，使得多数地区农民户口的含金量已经高于城市。于是，那些沿着加快城市化老路大规模开发房地产的地方政府为了消化三四线以下城镇的房地产泡沫而减少负债过重的压力，刻意地把优质教育医疗资源强制性集中到县以上城镇，以此迫使重视子女教育的农民家庭迁户口进城。事实上，过去被西方作为批评中国制度歧视的"户口问题"实现了逆转！

另一方面，相对于全球危机对中国的打击，这个长期化的三农投资具有明显的两面性。其一，如果看政府通过大型国企下乡投资形成了巨大的沉淀成本和地方政府在国有银行的债务，则海内外的经济学家有关中国债务相对于GDP已经构成债务危机恶化为最大"灰犀牛"的担忧，当然算是"有的放矢"。其二，如果看这个国家对乡村基本建设投资形成的巨额物业资产，则至少基本实现了乡村水电路气+宽带的"五通"，客观地构成了吸纳中小企业创业创新的巨大的机会收益空间。

于是，近年来首先发生的是被地方政府高度认同的城市过剩资本的大举下乡。诚然，这在宏观上也算是缓解了资本过度麇集于城市的"生产过剩危机"！因为，只要过剩资本还能找到投资空间，则新世纪资本高速扩张造成的严重过剩矛盾就会缓解。若据此看，面对全球危机严峻挑战，中国的乡村振兴战略也许会成为又一次危机软着陆的基础。

但乡村振兴虽然有吸纳过剩资本的作用，但其初衷却并非是为了缓解城市资本危机而打造的应对基础。毕竟官方政治生态已经发生积

极变化，各级一把手职责所在还是得配合国家的生态文明转型，有关部门还是得去基层发动群众实现"20字方针"……那些很难跟得上中央转型战略指导思想而懒政怠政的官员或者研究部门中的两面人，肯定不在意本书的案例所代表的群众意愿；而那些积极地试图跟上中央战略意图的干部，则会对本书推出如此之多的村级案例感到受益良多；对于那些愿意开展研究的学者，本书也或多或少地有借鉴意义。

二、唯有心之人方可成有为之事

很多人表面上跟着总书记说乡村振兴，但却难以掩饰20世纪90年代以来那种"眼中有数，心中无人"的痼疾。可称之为"一心资本，二瞽人文，三农不适，四乡难稳，五谷仰外，六畜无存，七方负债，八面为人"。

而委托我作序的乡建院的创建者李昌平，是个有心之人。属于长期投身于乡村建设事业、从实践求真知的中国思想者之一。或许可以说，我算是看着他成长起来的老同志；因此，扶持中青年骨干乃是义不容辞的责任。

李昌平原来是湖北监利县棋盘乡的党委书记。作为基层党组织的一把手，曾经把真实情况归纳成文出版了《我向总理说实话》《我向百姓说实话》等引起社会轰动的三农著作；他2000年离开了政府体制，2001年在中央确立三农问题重中之重的时候从全面市场化+外向型的南方来到北京，找到我主持工作的"中国经济体制改革杂志社"求职，恰逢杂志社创办《中国改革—农村版》，遂安排他担任副主编，也参与接待农村读者的来信来访。两年之后，我建议他增加些国际经验，推荐他去了"香港乐施会"。虽然离开"农村版"，但他一直坚持做与三农发展相关的工作。

2011年，李昌平等人创建乡建院，整合了多种专业背景的人才投身于乡村建设事业，这是把乡村建设的社会公益事业变成一种社会企业。实行公司化运作的社会企业是一种尝试，逐步得到强调市场化意识形态的官方部门的认可。我认为，乡建前辈中清末的张謇和民国的卢作孚都是中国早期社会企业家的杰出代表。我近年来也希望各地乡建工作者把市场作为手段，把资本作为工具，向社会企业转型。乡建院从一开始就承诺不以营利为第一目标，我认为可以定位乡建院为社会企业。

李昌平说，乡建院要为乡村建设提供高质量的产品和服务，以"四两拨千斤"之法破解乡村建设"千金拨不动四两"之困境，在市场上求发展。我觉得，这个探索的目标围绕的还是"提高农民组织化程度"，这目标跟其他乡建单位一致；但模式则与众不同。

在做法上，很多单位是先去发展乡村文化凝聚人心，再发起综合性的合作社提高组织约束机制，然后才可以搞合作社内部的资金互助。而他是直接以村社内部资金合作——内置金融为切入，在实现"三起来"（村民组织起来、资源资产资金集约经营起来、产权实现和交易起来）的基础上，再提供包括规划设计、施工监理、体制机制再造、农民培训及营运支持等在内的"组织乡村、建设乡村、经营乡村"的系统性解决方案，并协作或陪伴农民及其共同体主导实施的"社区营造"模式。

我看，只要是在坚持村社土地财产权益归全体成员的集体所有制和充分结合双层经营体制的前提下，通过协作农民自主形成"新型集体经济"，就可以走出以村庄层面的"三位一体"合作为基础的综合发展与自治之路。

乡建院的理念和方法也大体上与百年乡建历史传承的进步文化有

所呼应。

例如，乡建院要求员工要有延安人的信仰和作风，以"助人互助、互助助人"为基本的协作理念，始终把村民及其共同体的主体性建设放在乡村建设的第一位。再如，他们以"三生共赢"（生产、生活、生态）为乡村建设最高原则，以探索"以较小增量投入在村社组织中置入合作金融体制机制"，这就突破了制约乡村治理的组织低效、金融无效、产权无效的三重瓶颈。总之，乡建院是以激活村庄巨大存量及内生动力的乡村振兴之法为根本服务宗旨。

2009年以来，乡建院在全国22个省市区的协作地方党委政府及村民做了200多个新农村示范村。信阳市的郝堂村、江夏区的小朱湾村、鄂州市的张远村、岢岚县的宋家沟村、微山湖的杨村等就是其中的代表作。这些示范村比较客观地诠释了"产业兴旺、生态宜居、乡风文明、治理有效、生活富裕"这20字方针的丰富内涵，符合中国乡村振兴战略实施的前进方向，也因此成为地方党委政府深化农村改革及振兴乡村的在地化参谋和助手。

然而，乡建院的探索意义不止于此。

从2018年开始，中国改革开放的国际环境已经发生了根本性变化，"中美贸易战"倒逼中国经济必须由外向为主的依附性型经济，转向内需拉动的自主型经济。在中国产业化的经济发展模式向生态化转型时期，乡建院以村社内置金融为切入点的"三起来"——村民再组织起来、资源资产资金集约经营起来、让产权充分实现和交易起来，突破了长期制约农村发展的三重瓶颈——组织低效、金融无效、产权无效。以组织创新和金融创新支撑产权制度创新，既打通了农民由追求农产品数量增长效益转向追求农产品价值和价格增长效益的瓶颈，又打通了农民由追求生产性收入增长转向追求财产性收益增长的瓶颈，更重要的是为激活农村数百万亿的资源、资产找到了"中国特色"之法——在坚持土地集体所有制的前提下，从根本上突破了市场配置农村土地等资源资产的体制机制障碍，为农村数百万亿潜在价值的土地、森林、山地、草原、河湖等资源探索资产货币化、市场化，从农村基层试验中找到了生态资源价值化的实现方式。

从一定意义上讲，乡建院的乡村建设实践，开辟了中国农民收入再上新台阶的新空间，开辟了中国农民"死资产、死资源"变"活钱、活资本"的新途径，为扩大内需激活了动力源泉，为内需拉动中国经济增长找到了实现路径；只要认真地发动和依靠广大群众拓展城乡融合、要素流动的空间，就可能为中国经济再维持稳定增长40年开辟广阔的空间。

从一定意义上讲，对乡建院的村级案例讲述的各地实践作经验归纳和理论提升，也从另一个侧面佐证了"十九大"提出的"乡村振兴"战略的高瞻远瞩。

近代中国的现代化进程中，对内追求工业化、城市化，对外追求全球化确实是主流。但其实质都是资本扩张；随之必然是资本占用资源，通过推进资源资本化占有收益，遂有失去资源的乡村群体从土地革命派生的小有产者演化为"被无产者"。由此，社会上本来属于"人民内部矛盾"的各种利益纠葛，也随这种属性变化而演变为对抗性冲突……

但无论日月星辰如何更替，乡村建设都不乏坚守者。在很多被西方殖民化知识洗过脑的人看来，唯有城市化、全球化才是中国现代化的正道，在他们看来，唯有消灭农村才能有现代化，甚至据此批评乡村建设于中国现代化而言并无积极意义。然而，自2005年新农村建设、2017年乡村振兴作为两届领导集体的国家战略相继提出以来，尤

其在2008年面对全球化挑战、2018年面对"贸易战"为名的"新冷战"等重大教训接踵而至之际，乡村建设于中国向生态文明为内涵的现代化转型而言，意义特别重大。

有鉴于此，我们长期深入乡村基层做乡建工作的同仁们，尤其要刻意秉持"克己复礼"方可"家国天下"之传统，从大局出发把"乡村振兴"作为练好内功应对危机的国家战略！何况，此前全国各地的与三农有关的创业创新方兴未艾，多种多样的经验层出不穷，正好赶上国家出台了"乡村振兴"大战略这个难得的历史机遇，吾辈更应该及时把各地乡建经验的归纳总结提升到符合国家的重大战略调整要求的高度上。

总之，乡建院这两百多个村的案例所表达的不仅仅是如何做好乡村工作，而是为了国家应对危机而练好内功，具有"夯实基础"的重要战略意义。对此，我作为长期从事调查研究的老人也确实有话说。遂为之序。

乡建老人

2018年12月15日起草于四川郫都区战旗村
12月20日修改于陕西礼泉县袁家村
12月22日再改于山西上党区振兴村
2019年4月3日完稿于福建闽侯县归农书院

总序二——

建设未来村
共创新生活

一

我于2000年离开体制内后，较长时间跟随温铁军先生做乡村建设"志愿者"。于2011年，和孙君等人创建了"中国乡村规划设计院"（后更名为"乡建院"），开创了中国乡村建设专业化、职业化的道路——为乡村建设提供系统性解决方案、并协作落地实施。

由于乡建院人手有限，满足不了市场需求。于2016年年初，在信阳郝堂村设立"郝堂乡村复兴讲坛"，固定每月27—28日以案例讲习的方式为乡村建设培训实操性人才。

党的十九大做出了振兴乡村的重大战略部署，习近平总书记要求五级书记要亲自抓乡村振兴工作。

乡建院生逢其时！

到2019年5月为止，乡建院为全国22个省市区的76个县的281个村庄提供了乡村建设与综合发展服务，习总书记到过的岢岚县宋家沟村，还有信阳郝堂村、江夏小朱湾、鄂州张远村、微山湖杨村等一批著名

的示范村就是其中的代表。"乡村振兴有个乡建院"顺势口口相传，不推自广。

乡建院协作政府、基层组织、企业等打造了两百多个乡村建设与综合发展的案例，有成功的也有不成功的。做的案例越多，越觉得做好一个村庄或一个小镇或一个综合体不容易，敬畏之心也越来越强。在全国各地已经形成乡村振兴高歌猛进之势时，乡建院顾问老师陈小君教授（广东外语外贸大学土地法制研究中心创始人）再三督促乡建院出版《新时代中国乡村振兴指南丛书》，为轰轰烈烈的乡村振兴运动做抛砖引玉之用。《新时代中国乡村振兴指南丛书》的作者主要是乡建院的员工和一直陪伴乡建院成长的顾问老师，内容基本上都是基于乡建院所协作过的案例的总结。不同的作者，视角不一样，侧重点也不一样，以便于不同的读者各取所需，各有所得。

二

党的"十六大"提出新农村建设，"十八大"提出新型城镇化，"十九大"做出乡村振兴战略决策，这是"一脉相承"的！近十年的时间，我与乡建院人一直在乡村建设的第一线摸爬滚打，从志愿者到职业乡建人。有两个现象越来越受到关注：一个是"千金拨不动四两"，另一个是"四两拨千斤"。我们把"乡村规划设计院"更名为"乡建院"，是因为实践教育我们，服务于乡村振兴仅仅有规划设计服务是远远不够的。后来又慢慢明白，即使提供系统性解决方案和陪伴式落地服务，依然做不到"四两拨千斤"、依然可能"千金拨不动四两"——投入巨大的增量，迅速变成了新的存量。大量的实践，让我们越来越清晰地认识到，乡村振兴还有一系列重大问题有待解决，只有在一系列重大问题上获得共识之后，才能解乡村振兴"千金拨不动四两"之困。

第一，为什么要振兴乡村？为谁振兴乡村？在这两个问题上达成共识，是正确实施乡村振兴战略的前提。但显然没有达成共识。

第二，乡村振兴的主要力量是谁？实施乡村振兴战略的主要抓手是谁？明确乡村振兴的主要力量和实施乡村振兴战略的主要抓手，应该是当下实施乡村振兴战略的头等大事。

第三，如何选择乡村振兴的最佳实现路径？是以"产业振兴、人才振兴、文化振兴、生态振兴、组织振兴"实现乡村振兴吗？可能还需要再追问一下，如何实现五个振兴呢？五个振兴之间的关系是什么？回答不清，怎么可能找到乡村振兴的最佳实现路径，乡村振兴走弯路就是必然的。

第四，什么是科学的乡村振兴方式方法？在既有的乡村振兴实践中，本来没有推广价值的领导工程，被专家们总结出很多"经验"，树立为"样板"，如络绎不绝的干部参观学习成为其振兴的唯一证明，这样的"样板"永远学不了，学了也白学。乡村振兴是复杂的系统工程，一定要讲方法——思维方法、决策方法、执行方法、总结和推广方法。乡村振兴必须要有科学的方式方法。方式方法不对，好事会做成坏事。这也是当务之急！

第五，如何保证乡村振兴的可持续性？在乡村振兴的既有实践中，乡村振兴几乎等同于"基础设施建设+乡村旅游+房地产"。如何实现乡村振兴可持续呢？

上述五个重大问题，都还没有真正破题，乡村振兴或许还没有"到达遵义"。

三

我国有数百万个自然村，五十多万个行政村。可以肯定，随着时间的推移，很多村庄会自然消亡。我曾推断，这类的村庄大约占60%左右；真正有未来的村庄，可能只有30%左右；10%的城市郊区村庄，会淹没在城市之中。

乡村振兴，重点是建设和振兴30%有未来的村庄——未来村。然而，大量没有未来的村庄或许正在大规模的建设中；大量有未来的村庄，或许也不是按照未来村的要求在建设。

乡村振兴，必须叫响我们乡建院的一句口号：建设未来村，共创新生活。

10%左右的城郊村庄，会成为城市的一部分，重点要研究的是如何让村民抱团进城；60%左右的村庄，会空心化，会逐步消亡，重点要研究的是如何再造农业生产经营主体，如何建立原有村民或社员或成员权"有偿退出机制"；只有30%左右的村庄，人口不减反增，是未来村，是农村和城市居民都喜欢的地方，是新生活的地方，这30%左右的村庄才是乡村振兴的重点。

建设未来村，共创新生活。必须以此作为乡村振兴的着力点和牛鼻子。

什么是未来村？

未来村一定是智慧的、四生共赢的、四权统一的、三位一体的、平等互助的、共享共富的、民主自治的、食物本地化的、食物自主化的、开放的、基本公共服务及基础设施完备的、业态多元共荣的、有文化传承的……可持续发展的、五百年后都存在的理想家园，这个理想家园一定是一个共同体家园。

未来村是谁的？

未来村，既是原住民的、又是新村民的；既是农村居民的、也是城市居民的；既是常住民的、也是暂住者的。

未来村的垃圾是怎么处理的？应该是100%的资源化。

未来村的环境治理模式是怎样的？应该是共同体区域内小闭环治理模式。

......

未来村的产权制度是什么样子的？应该是多个村集体共有产权下的"多权分置、混合共享"产权模式。

未来村的治理结构是什么样的？应该是"四权统一"，即"产权、财权、事权和治权"统一的共同体，一定的产权和财权支撑一定的事权和治权。应该在共同体内实行一元主导下的多元共治制度

......

未来村有多种形式。或许有未来村·原乡、未来村·归园、未来村·邻里街坊、未来村·自然之城……或许有以养老为主的未来村、或许有以教育为主的未来村、或许有以休闲为主的未来村、或许有以一二三产业融合发展为主的未来村、或许有以科研为主的未来村、或许有以企业总部为主的未来村……

未来村生产生活方式是什么样子的？

未来村的房屋是什么样子的？

未来村的厕所是什么样子的？

未来村家家户户还有厨房吗？

......

未来村该如何建设？

应该为未来村建设供给什么样的制度？

如何将多个村庄的建设用地整合到一个村庄或几个村庄共同建设未来村？

如何让城市居民或国内外自然人、企业等自由进入未来村生活和发展？

如何自由退出未来村？

……

假如地球某一天突然变暖了，中国最理想的未来村在哪里？是什么样子的？

……

乡村振兴战略规划到了2050年，绝对不是权宜之计。应该立足未来思考乡村振兴。当下建设的每一个乡村，都应该是有未来的；当下建设的每一个有未来的乡村，都应该真正是按照未来美好生活的需要而建设的！

"建设未来村、共创新生活"是乡建院的神圣使命，乡建院人的探索永不停止。首批出版的《新时代中国乡村振兴指南丛书》共5本，第二批《新时代中国乡村振兴指南丛书》正在准备之中，《新时代中国乡村振兴指南丛书》会一直出下去。

建设未来村，共创新生活。

乡建院一直在路上，希望一路有你！

2019年6月25日

于北京平谷同心公社乡村振兴文创营地

目录

从脱贫出发

开篇——

宋家沟?

可以想见全国各地叫宋家沟的地方数不胜数，能确定的是，叫"沟"的地方多半是乡村托生的。这里说的宋家沟在山西省岢岚县偏远的山区，因地形地势的缘故，这儿的许多村子都叫沟、洼、岔、湾、川。宋家沟距北京不远，直线距离在三四百里上下，但它的贫困却是生活在首都的人难以想象的。北京已经是高楼林立，车流不息，人满为患了；宋家沟却是街道残垣断壁，村舍上雨旁风，难以寻见有活力的年轻后生，只有老弱病残蹲在墙根晒太阳，抑或智障的残疾人闲逛。据说，这地方智障人比较常见，是因为贫穷娶不上媳妇，没有姑娘愿意嫁到穷山沟里来，所以近亲结婚，或者买婚，致使宋家沟单位面积上智障人口相比其他地方的多。

人们不禁质疑，离首都这么近为什么还会这么穷？宋家沟地处历史上曾经的中原农耕和北方游牧生死博弈主战场和生命线，由此向北向东延伸着不同时期纵横交错的古长城和星罗棋布的烽燧，像我国长城所在地一样，都是充斥着悲怆历史命运及土地贫瘠的地方。宋家沟

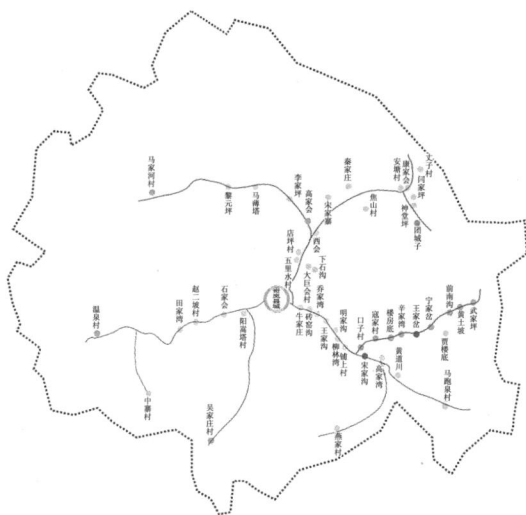

图1-1　岢岚县位置示意图

在黄土大山深处，生态环境恶劣，生存条件缺失，因此其所在的岢岚县多年来被确定为国家级、省级贫困县。

都说贫困限制了人的想象，对于发达地区，也难以想象贫困带来的情形（图1-2）。

顺着宋家沟的宋长城脉络向东有个叫鹞子沟的村子，2014年，通过倪萍主持的《等着你》栏目，成功解救了一名被拐卖至此囚困长达五年之久的云南女孩，五年的非人生活，对于一个花季少女的人生来说，永远都是难以愈合和清醒的噩梦。女人是解脱了，留下一个茫然懵懂、未知天命的孩子……

图1-2　贫困地区生活图景

　　几年后，当地几位有情怀的文化人以此素材自导自拍了一部电影《七天》，讲述一位被贩卖过来的南方女子，不愿沦为生娃机器，以死抗争的故事。此片受邀参加法国里昂电影节展演，引起了强烈反响。导演发表感言时，自曝拍得很沉重，很悲哀：宋家沟的贫穷、落后及愚昧是现代人难以想象、不能接受的。

　　贫瘠的黄土大山，造就了这方水土的人对天命的逆来顺受，以及对生命尊严的漠视与轻贱。类此贩卖人口的案例不在少数，散落在这片土地的沟里洼里湾里岔里的前山后梁上峁下，这些封闭落后的村庄，在人性本能与传宗接代双重需求下，不仅成为人贩子的顾客，而且对非法买来的所谓媳妇，视为犯人一样关押，凌辱，甚至有人怕她们逃跑竟用铁链子拴在院子的树底下。这比早先描述的极度贫困，一个家庭只有一条裤子，下地干活或者外出需要轮流要恶劣的多。

　　据2015年统计我国贫困人口从2.5亿下降到5500万，衣不蔽体食不果腹的极度贫穷基本消灭（图1-3、图1-4、图1-5）。2018年统计绝对贫困人口在4000万的基础上又减少1000万，其中包括实现易地搬迁减贫的280万人。

图1-3　改造前宋家沟普通的民居

图1-4　改造前宋家沟普通的民居

图1-5　改造前宋家沟村的路

　　我国对绝对贫困人口按年统计显示，1986年年收入206元以下为绝对贫困人口，之后逐步调整，现在为3000元。这个标准已经接近世界银行名义的国际贫困标准线，国际贫困标准为一人一天1.9美元。

　　2015年11月，中共中央召开扶贫开发工作会议，中共中央、国务院印发《关于打赢脱贫攻坚战的决定》，目标是2020年农村贫困人口全部脱贫，我国要实现彻底消灭贫困。

　　对于贫困地区、贫困人口，中华民族始终从"仁爱""民本""大同"的思想理念出发，形成了扶贫救济、改善民生的传统文化内在追求，作为政府历朝历代都将赈灾扶贫与治安、教育、税收视为应尽的义务和职责。到中华人民共和国初期，我国政府更是把消除贫困、改善民生作为奋斗的使命。随着经济发展，改革开放以来，特别是20世纪80年代后，我国政府实施有组织、有计划、大规模的扶贫开发，先后制定实施了《国家八七扶贫攻坚计划（1994—2000年）》《中国农村扶贫开发纲要

（2000—2010年）》、2011年又颁布了至2020年的扶贫开发纲要。刚刚发布的《乡村振兴战略规划2018—2022年》更是以均衡发展为理念，用顶层设计推进乡村快速发展，缩小城乡差异、地区不平衡问题，消灭贫穷。

扶贫作为国家重点工作，在我国经历了四个阶段。

第一阶段1979年到1985年，依靠家庭联产承包责任制的推进，大量农村家庭通过农业生产脱贫。第二阶段1986年到1993年，国务院成立"贫困地区经济开发领导小组"开始，政府主导了大规模"开发式扶贫"，以区域为单位实施开发，通过开发带动脱贫。同时国家还划定了18个"集中连片贫困地区"，意在重点推动其经济发展。今天针对贫困县的帮扶，正是在那一阶段中划定的。至此大量的扶贫资金瞄准这些县一级行政区投放。第三个阶段始于1994年国务院印发"八七"扶贫攻坚计划，"八七"是指要在2000年以前，用7年时间基本解决农村8000万贫困人口的温饱问题。这一阶段特点是更多部门参与了扶贫项目，教育部的"两基"——基本普及义务教育和基本解决青少年文盲问题就是这一阶段推进的。第四阶段从2000年至今，扶贫战略下沉，开始鉴别确定贫困村，帮扶最低收入者；同时推进农业产业化，并在农村地区推动基础设施提升。2004年的"村村通"工程，以及通过农村大量向城市输送劳动力，快速拉动了农村脱贫，都体现了这一段的政策精神。

真正让宋家沟等深度贫困乡村看到美好未来曙光的是2014年第四阶段的"精准扶贫"。

2012年11月，中国共产党召开第十八次全国代表大会，把扶贫工作纳入"五位一体"的总布局中，把贫困人口脱贫作为全面建设小康社会，实现第一个百年目标的底线任务和标志性指标。2013年11月，习近平总书记到湖南湘西考察时首次做出了"实事求是、因地制宜、

分类指导、精准扶贫"的重要指示，2014年1月，中央详细规制了精准
扶贫工作模式的顶层设计，推动了"精准扶贫"思想落地。精准扶贫
主要针对个体贫困居民而言的，就是点对点、直接到人，谁贫困就扶
持谁（图1-6）。

2015年5月，习近平总书记来到贵州省，强调要科学谋划好"十三五"
时期扶贫开发工作，确保贫困人口到2020年如期脱贫，再次强调扶贫
开发"贵在精准，重在精准，成败之举在于精准"。

如何精准？1983年，我国政府曾经针对"三西"（甘肃河西、定
西、宁夏西海固）地区严重干旱缺水和当地群众生存困难问题，探索实
施"三西吊庄移民"扶贫，帮助当地群众摆脱贫困，取得了良好的经
济、社会和生态效益，开启了易地搬迁扶贫的先河。之后，易地搬迁
扶贫成我国开发式扶贫的重要措施，受到重视并逐步推广。2000年，
在内蒙古、贵州、云南、宁夏四省（自治区）开设易地搬迁扶贫试点，
随后又陆续扩大到全国十七个省（自治区、直辖市），多地的实践验证
了易地扶贫搬迁是行之有效的扶贫措施之一。

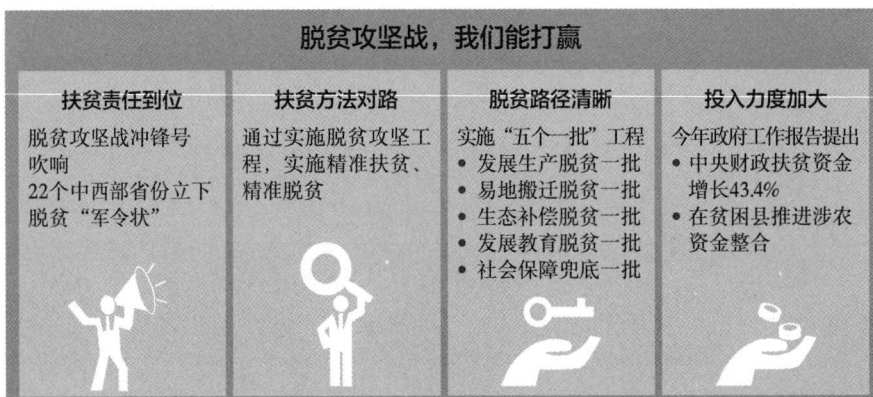

图1-6　精准扶贫图解（2016年3月8日，来源：人民网舆情监测室）

迁徙是生物顺应自然发展趋势的必然选择，人类同样如此。我们不难发现，随着交通基础设施的改善、信息技术的广泛使用，人们跨区域交流逐步增多，不断激发人们对美好生活向往的内生动力，随之会积极采取行动努力改变。在贫困地区，拥有一定经济基础、视野开阔的人持续不断地向更适合发展的地方迁徙，他们生产生活状况的可以得到持续改善，并与原居住地未搬迁群众形成了强烈的对比，走出故乡成为追求美好生活的重要途径。

宋家沟的现状也是如此。走出家乡的人生活越过越好，留在沟里的人越来越穷，所以走出去的都不再回来。像多数"一方水土养不起一方人"地区一样，因资源环境承载能力不足、自然灾害频发，以及交通不便、信息不畅、人才短缺、市场不完善，宋家沟长期在"贫困—经济社会发展落后—贫困程度加深"的恶化惯力上循环，积贫积弱，没有尊严，是这方贫瘠土地和贫困人群的准确定位。

虽然国家对宋家沟等地区进行了多轮扶贫开发，贫困状况仍未发生根本改变。针对这样的情况，易地搬迁扶贫自然成为深度贫困地区治贫的策略，国家发展改革委也相应设立了中央预算内投资专项支持易地扶贫搬迁，形成了稳定的投入渠道，资金支持总量和户均补助标准逐步增加，易地搬迁扶贫建设逐步成熟。在易地搬迁扶贫工程示范带动下，2001年至2015年，全国累计安排易地扶贫搬迁中央补助投资363亿元，支持地方搬迁贫困群众680多万人。陕西、重庆等省市结合当地实际，统筹各方资源，实施生态移民、避灾移民等搬迁工程。

2015年，中共中央、国务院颁布了《关于打赢脱贫攻坚战的决定》，标志着我国扶贫开发事业进入了脱贫的攻坚阶段。精准扶贫作为脱贫策略，各地组织开展了大规模的扶贫对象精准识别工作，基本摸清全国贫困人口分布、致贫原因、脱贫需求等信息，其中有约1000万

农村贫困群众仍生活在"一方水土养不起一方人"地区。基于这一现实情况我国政府将"易地搬迁脱贫一批",将这些贫困人口迁出安置到其他地区,通过改善安置区的生产生活条件、调整经济结构和拓展增收渠道,逐步脱贫致富。

2016年以来,国家发展改革委、国务院扶贫办、财政部、原国土资源部、中国人民银行等部门和有易地扶贫搬迁任务的22个省(自治区、直辖市),共同推进新时期易地扶贫搬迁工作。9月,国家发展改革委在印发《全国"十三五"易地扶贫搬迁规划》,计划用5年时间,把这些贫困群众搬迁出"穷窝",彻底摆脱恶劣的生存环境和艰苦的生产条件束缚,帮助他们挖掘新产业、增加就业机会,实现稳定脱贫。

对于要搬谁?搬哪去?钱哪来?怎么脱贫?《全国"十三五"易地扶贫搬迁规划》明确了答案。

要搬走四个地区:难以满足日常生活生产需要,不具备基本发展条件的深山石山、边远高寒、荒漠化和水土流失严重地区;国家主体功能区规划中的禁止开发或限制开发区;交通、水利、电力、通信等基础设施,以及教育、医疗卫生等基本公共服务设施十分薄弱,工程措施解决难度大,建设和运行成本高的地区;地方病严重、地质灾害频发的地区。

搬到安置点是:以集中安置为主、集中安置与分散安置相结合的方式。集中安置人口占搬迁人口总规模的76.4%,分散安置人口占搬迁人口总规模的23.6%。搬迁户住房建设面积严格执行不超过人均25平方米的标准,作为一条红线,以确保搬迁对象不因建房而举债(图1-7)。

费用根据各地建设总规模、平均工程造价等数据测算,981万贫困人口易地搬迁需投资约6000亿元,加上同步搬迁人口住房建设投资,"十三五"期间易地扶贫搬迁工程规划总投资约9500亿元。这一大笔钱

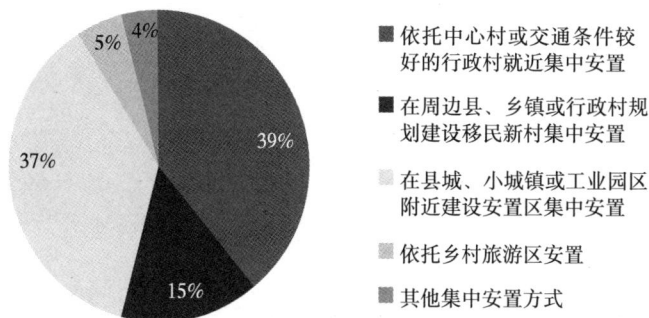

图1-7　全国易地搬迁扶贫安置方式图解

从由中央预算内投资约800亿元，专项建设基金总规模500亿元，地方政府债务资金约1000亿元，低成本长期贷款总规模3400多亿元，建档立卡搬迁人口自筹约300亿元（图1-8）。

　　搬迁后，通过统筹整合财政专项扶贫资金和相关涉农资金，支持发展特色农牧业、劳务经济、现代服务业等；探索资产收益扶贫等方式，确保贫困人口有业可就，实现稳定脱贫。实现发展特色农林业脱贫一批，发展劳务经济脱贫一批，发展现代服务业脱贫一批，资产收益扶贫脱贫一批，社会保障兜底脱贫一批。其中资产收益脱贫，以"易地扶贫搬迁配套设施资产变股权、搬迁对象变股民"的方式，通过将资产量化到贫困人口，增加其财产性收入，带动脱贫，还需要在脱贫攻坚中积极探索（图1-9）。

　　至此，易地搬迁扶贫脱贫政策和制度体系建立。

　　岢岚县作为深度连片贫困县被列入规划之中，宋家沟村因此迎来了复生的春天。

　　宋家沟村在公元980年就存在了，两千年来村民一直与生存条件恶劣、生态环境脆弱抗争，但受自身能力和经济水平的限制，始终在贫困线上徘徊。此次有计划、有组织地实施新时期易地扶贫搬迁，力

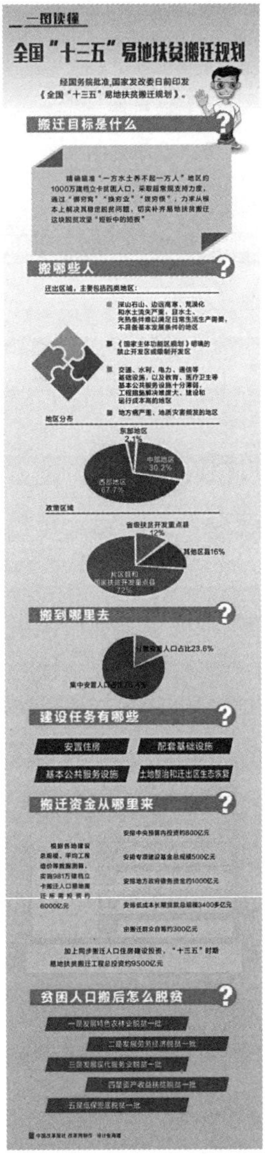

图1-8 十三五易地搬迁扶贫
规划图解（2016年9月23日，
来源：发展改革委网站。）

图1-9 留守儿童

度之大、规模之广、影响之深，宋家沟村和深度贫困乡村一起迎来了千年的甘雨，而得以洗礼。

易地扶贫搬迁要求既要"挪穷窝"、也要"换穷业""拔穷根"，最终目的是通过彻底改善搬迁贫困群众生活居住环境和生产发展条件实现稳定脱贫，逐步富裕。所以要求对搬迁群众的创业就业、产业发展、技能培训与搬迁必须同步推进，并且实施搬迁后，脱贫攻坚的其他政策措施也要随之继续惠及搬迁贫困户，并逐步加大对搬迁对象后续发展的支持力度。同时，还要求各地政府因地制宜、千方百计制定各种扶持办法，用"乡村旅游+特色产业""就业培训+公益岗位""资产收益+物业经济"等路径，努力实现搬得出、稳得住、有事做、能致富。

宋家沟首先搭上千年不遇的脱贫致富顺风车，要得益于岢岚县易地扶贫搬迁的规划设计，得益于岢岚县委县政府综合考虑确定宋家沟村先行先试，得益于搬迁扶贫、特色风貌建设、提升素质、开发致富统筹并举。整个建设中，县委书记亲自挂帅，由具有专业背景的副县级干部指挥，联合中国乡建院作战77天，易地搬迁安置、整村提升、特色风貌整治和基础设施、村容村貌一揽子完成，宋家沟村蝶变成秀美而富有活力的晋西北新山村。在驻村组织帮扶下，宋家沟村的民宿旅游、特产电商、村舞蹈队、传统手工剪纸坊各种形态业态的本土产业得到发展，极大丰富了久旱枯萎的乡村生活和生产；村民精神面貌焕然一新，每个人脸上都是绽放出幸福的笑容。宋家沟村因此脱颖成岢岚县、忻州市乃至山西省易地搬迁扶贫的标杆和典型。

2017年6月，习近平总书记到山西调研考察，在宋家沟村委会门前的动情地说，"人民群众对美好生活的向往就是我们的奋斗目标，请乡亲们、请我们的广大群众，与党中央一起撸起袖子加油干！"这番鼓舞斗志的话让在场的宋家沟村民热血沸腾，让整个忻州市和山西振奋，成为全国人民奔向远方美好未来的号角。

忻州是全国18个集中连片贫困地区之一，全市14个县（市区）中，就有11个属于国家国家级贫困县，占全省35个国家级贫困县的31.4%。在这11个国家级贫困县中，6个县分属于燕山-太行山、吕梁山连片特困地区，扶贫攻坚成了忻州市"头号民生工程"。贫困面积大，贫困人口多，贫困程度深，脱贫难度大，宋家沟村突破重围，无疑给忻州市脱贫攻坚注入了信心和活力。

一年后，2018年6月21日，习总书记视察周年纪念日。这天，宋家沟同样天降甘霖，雨冲刷过的青山绿地更加青翠，空气更加舒爽。这个易地扶贫搬迁新建起来的小山村坐落在远山间，用乡村旅游舒展双

臂，迎接着四方而来的宾朋，一场分享幸福和快乐的乡村旅游盛事拉开了大幕。

岢岚县委县政府继续深化宋家沟易地扶贫搬迁的试点工作，按照搬得出、稳得住、能致富的要求，进一步提升宋家沟村发展后劲，让旅游业带动乡亲们走上富裕路，过上好日子。为此，启动国家AAA级标准化景区创建工作，通过一年的努力，挖掘出历史文化，激活了1500年的北齐军事遗址苏孤戍、古堡等资源，整合了晋北民居特色、民俗风情、田园风光，配套了游客中心、停车场、旅游厕所、标识标牌等旅游基础设施和服务设施，形成完整旅游服务框架体系，在周年纪念日前的6月15日通过了专家评审，成为忻州市第一个国家AAA级景区标准的乡村旅游区，同时也成为岢岚县创建的第一个国家AAA级景区。授牌活动现场，宋家沟三棵树广场人群熙熙攘攘，宋水街两侧国旗飘飘、灯笼火红、喜气洋洋，前来旅游的人络绎不绝，两三天的旅游季迎来了三万多人次，这是小小的宋家沟从来不敢想的。85岁的本村人刘改桃老人欣慰地说："我在18岁时嫁到这村，看了宋家沟70年，这一年改变了宋家沟的70年。"

如今美丽的宋家沟村已然成为游客向往的地方，每个到过宋家沟的人都感受到千年的贫困因变迁而迸发出的活力，真实而震撼，尤其是站在习总书记曾经站过的地方，汲取着奋进的精神力量。

然而这远没有结束，不仅宋家沟还在探索致富的途径，宋家沟之外的岢岚县其他乡镇也在寻求改革。几乎和宋家沟整治同步，周边12个村相继完成了综合整治，宋长城所在地王家岔村紧随其后，在宋家沟AAA景区授牌前一个月已经动工兴建了。

一、寻找宋家沟的坐标

关键词：规划　提振精神

　　出北京前往太原，再坐上3个多小时汽车，如果遇到高速封路，走209国道需要坐5个多小时的长途车就到宋家沟村了。宋家沟村在209国道边上，离忻保高速路3公里，是山西省岢岚县的东大门。往南走是太原，向北走是雁门关、内蒙古。因为紧邻塞外，宋家沟常年气温都比较低，夏天平均温度只有19度。第一次来岢岚商讨宋家沟村综合建设的乡建院副院长、项目负责人彭涛的家乡在湖南，初到宋家沟是刚过完春节，宋家沟的冷冽和宋家沟的凋敝一样让他震惊，南方都已经开始春播了，这里的土地砸下去还只是泛个白点。宋家沟所在县岢岚，教科书上说是地处晋西北高寒山区，土层深厚，气候凉爽，常年缺水；因在黄土丘陵区，水土流失严重。宋家沟村的自然环境风貌也是如此（图2-1）。

　　春天，站在宋家沟村向东望去，苍山叠嶂，连绵不断。清明前后，内蒙古的狂沙首先吹过芦芽山，直接抵达宋家沟村，所以整个村庄的色调是苍黄的。接近黄昏，一抹风沙迷蒙的夕阳撒在宋水街上，

图2-1　宋家沟全景

几个拉长了的老人和孩童的身影，别有一番边寨山村苍茫的风味。

当地人都知道，宋家沟的"宋"是宋朝的宋，而非宋氏之宋，甚至在宋家沟村找不到一户姓宋的人家。据传，很早以前，岚漪河上游十里处独居李姓人家，一年阴雨连绵，山洪暴发，李家房舍卷入洪水顺河而下，到河谷水缓处，木陀原地打转不再随波而下。李家老者认定此处为宝地，洪水退去，择地安家，取名顺家沟，寓意顺顺当当。果真李家的日子越过越红火，周边住户闻声逐步移居至此形成村落。到宋朝太平兴国五年，邻村王家岔修筑长城，宋军驻扎顺家沟，为弘扬大宋威德，取其谐音，将顺家沟改名为宋家沟。

确切地说宋家沟村及其管辖县岢岚整个散落在群山中，因区位和地势便于防守，历来都是军事要塞。岢岚北邻内蒙古、雁北，南达太原，军事防护和商家运输在此相互依存，由于地处中原和塞外的结合部，农耕文化与游牧文化也在这里交汇。远古时期，原住民为林胡一族，过着原始的狩猎生活；在中原文明与草原文明的长期角力中，保

留下来亦耕亦牧的复式生活习惯。

历史悠久和地域特征让宋家沟村沉淀着边关文化和历史的记忆，但贫困阻碍了人们的想象和传承，马队驼铃、信天游和曾经繁忙的商贾通道等印记随着社会变迁、朝代更迭已消失殆尽。

能留下历史文化痕迹是千年前凭借山西吕梁山脉深处的芦芽山天然掩体修筑的宋长城，它现在仍蜿蜒盘踞在距宋家沟几里之遥王家岔村的山顶上。38公里绵延起伏，一片片砌就长城的石片浮头已经松动，有的几近散落，更让后人真实触摸到了久远的岁月。站在直上直下坚实的城墙上，可以想象：城墙一边是战争风云，另一边是乡村家家户户冒的炊烟。

之前学者们一直吃不准宋朝有没有修筑长城，直至岢岚宋长城遗迹被发现才有了确凿答案（图2-2）。王家岔尚存的是目前唯一一处宋代长城，西起岢岚县青城山，东至与五寨县相连的荷叶坪山，岢岚县境内现存的20余公里宋长城墙体全由片石砌成，完好处高约4.2米，顶宽约2.1米。宋长城的保存现状不甚理想，有多处墙体已经断裂甚至倾斜坍塌，但并不影响它的学术价值，更为珍贵的是岢岚境内的长城是从北齐、隋朝开始修筑的，其历史见证比宋朝往前两个朝代。据传，到了北宋，北方边关受契丹、党项族的严重威胁，杨业之妻佘太君（折氏）从弟宋朝名将折御卿，攻占了岢岚县，于公元980年在岢岚部署岢岚军，并在县城北的天涧堡向东修筑长城。所以宋长城从王家岔横贯东西，一道抵达岢岚城，一道通往荷叶坪。而荷叶坪是华北最大的亚高山草甸，有高原翡翠之誉，在山西宁武、五寨和岢岚三县交界处，是著名的生态旅游景区（图2-3）。

作为军事要塞，岢岚县是后汉刘知远建筑的一座军城。城"周围5里"，气势恢宏，建有一整套防御体系，其风调与西安古城相仿，在抗

图2-2　王家岔村宋长城

图2-3　荷叶坪亚高原草甸风景区

日战争和解放战争时也发挥了重要作用。1942年，晋绥六分区宋家沟村和铺上村、鸡儿焉村是晋西北抗日战争的重要根据地。

1948年4月4日，革命形势发生了重大变化，为实现全国的解放，党中央决定实施战略大转移，离开延安，东渡黄河，转战西柏坡。毛泽东、周恩来、任弼时三位领导同志率领中共中央机关途中路居岢岚，当天晚上听取了县委书记丛一平同志关于土改和整党的汇报。第二天上午在他住的院子里接见岢岚参加"三干会"的同志们，在热烈的掌声中毛主席发表了重要讲话，分析了全国解放战争的形势，高度赞扬了晋绥人民深入开展土改、支援解放战争的可喜成绩，鼓励人民搞好生产，并留下"岢岚是个好地方"的赞誉。据说，毛主席来岢岚几天说了三次"岢岚是个好地方"，第一次，是刚到岢岚，迎面看到芦芽山，巍峨矗立，感慨道"晋绥是个好地方，岢岚也是个好地方。"他登上岢岚县城宋朝留下的城墙，登高远望又赞叹道"岢岚是个好地方啊！"第三次说就是在"三干会"上了。坊间分析，毛泽东从陕甘宁边区到岢岚县城，眼前一下开阔了许多，芦芽山天然屏障为这座古代军城平添了安全保障，从地形的角度，岢岚是个好地方。其次，1948年根据地开展土改运动，毛主席一路西进，到了岢岚，看到这里都是在实事求是地搞土改，不扩大不走偏，心生喜乐，又赞岢岚是个好地方。

受游牧民族文化影响，岢岚人敦厚质朴，热情好客。抗日战争期间，革命根据地缺粮少人，岢岚县有超过2000名的青壮年参加抗日队伍，2000人几乎是当时全县所有的年轻人，踊跃报名参军，奔赴抗日战场，为民族独立和国家解放作出了不可磨灭的功勋。国民党对陕甘宁革命根据地进行经济封锁，当时在岢岚的贺龙愣是从岢岚有限的口粮里挤出粮食支援延安。这些都给毛泽东留下了岢岚人厚道的深刻印象，所以第三次盛赞岢岚是个好地方（图2-4）。

图2-4　岢岚县城的群雕

好地方岢岚深得信任，新中国成立后不久，当我国具备实力发展航空事业之初，就把卫星发射中心建在了此地，现在是我国三大卫星发射中心之一。目前具有现代化测试发射水平和高精度测试能力的综合型火箭卫星发射中心仍在岢岚县城边的团城子村，岢岚县仍然还在继续发挥着军事重地的作用。也是因为受限于军事重地，岢岚县多年来没有过多、过快地发展工业和现代化产业。

有着2200年历史记忆的岢岚县，也是全国665个贫困县之一。辖区包括宋家沟乡在内，共有十二个乡镇，面积1984平方公里，人口8.4万，农业人口6.7万，主要以农畜牧业为主，县域内盛产柏籽羊肉、红芸豆、西北莜面等等，全年国民生产总值20亿左右。贫困县各有各的不同，岢岚主要是集中连片贫困、深度贫困、常年贫困。岢岚的山，

远山近岑，平缓连绵，无矿产资源，无秀丽风景。岢岚的天，年均降雨量只有400多毫米，每年无霜期只有110天，缺水缺暖；岢岚的地，土地贫瘠，坡陡沟深，土质跑水、跑土、跑肥，广种薄收。在清朝编纂的《岢岚州志》中有这样的记载，"旱则易萎，涝则易冻；地脊则无奇产，民贫则人自株守。"可见岢岚人祖祖辈辈生活之困窘。在岢岚6.3755万农村人口中，建档立卡贫困人口有8442户、1.3万多人，贫困发生率高达20%之多。岢岚村多、村小、村穷，基础设施滞后，身陷深山沟壑之中的村庄大多没有自来水，没有柏油路，没有学校、卫生所，村民居住的大多是其他地区早已废弃的土坯房，就是这样的土坯房多数也已开裂。因口音关系，外地人常常听到岢岚口音说"岢岚"为"可怜"，2012年全国贫困县中有岢岚，国务院确定全国14个集中连片特困地区，岢岚在其中。现在岢岚县又被列入2020年实现脱贫的重点县。

王志东，2013年上任这个贫困县的县委书记，一到任就开始调研岢岚县社会经济发展现状，案头研究如何以特色城镇化建设为平台，积极推进城乡一体化进程，把岢岚建成欠发达地区城乡统筹协调发展的实验基地。经过艰苦的工作，形成了《2013—2030岢岚县县城总体规划》。规划系统分析了岢岚县优劣势，清晰解读目前岢岚城镇化进程相对滞后的状况。当今社会主义新时期的岢岚城镇化水平刚刚进入快速发展阶段，城镇化还远远没有达到实质上的城镇化水准，"半城镇化"现象严重。常住城镇人口没有从根本上实现从较低生存水平向较高生活水平以及文明程度上的转化，具体表现是2000年之后岢岚县乡村人口虽然向城镇地域转移了，但大部分仍是没有实现职业转移的农村人口，这些农村人口实际上还没有享受到城镇的生活条件，生活质量也没有达到城市居民的生活条件，这部分人仍不能认为是真正的城镇人口。

2014年按照忻州市政府总体部署，王志东书记带领全县开启了"创建国家级卫生县城"（以下称"创卫"）的战役，成为岢岚有史以来最直接的城镇化改造机遇。王书记为此次改造定下了基调，岢岚"再穷也要有精神"，"干净"应该就是岢岚县的精神气质，所以创卫不是为创而创，而是通过岢岚的城容城貌的改变，为整个岢岚振兴，让这里的人有尊严地享受更加文明的生活。

岢岚创卫点燃了岢岚人的热情，整个战役起点高、目的明确，在120多天中，用"全民创卫、生态创卫、节约创卫"的理念，让山城发生了美丽的蝶变。县城拉大了框架，完善了设施，强化了功能，凸显了特色。重点完成了22条市政街巷、15个公共卫生间、8个停车场、4个集贸市场、3500户旱厕的改造新建；完成了生活垃圾处理厂、建筑垃圾填埋场的改造；以及街巷管线入地、立面改造、城区卫生达标和健康教育全覆盖等工程。县城周边东街村、西街村、管家庄、牛家庄、北道坡等片区统一纳入了创卫总盘子，形成了中心辐射、城乡一体的新格局。

如今岢岚县城一水中流，两脉青峦，一处处雅致的憩园，一条条宽展的马路，一幢幢崛起的安居楼房，一片片葱然的绿植，都在印证着这座古城的蜕变。一盏灯、一棵树，一个果皮箱、一个下水盖，处处可见"创卫"的独具匠心。景观小品与人文古迹交相辉映，在绿化、美化、硬化、亮化、净化的同时，更凸显了山城的自然美、园林化和舒适性。变化的还有依山就势的亭台楼阁、碧树芳草，营造出一个三倍于县城的环城公园。形成了绿在天边、山在树下、城在园中的大格局、大景观。身临其境的居民可以在此找到唐代诗人杜审言"水作琴中听、山疑画里看"的意境。

曾经有一段记者与岢岚山上放羊娃的对白流传了很长时间：放羊

为啥？娶媳妇；娶媳妇为啥？生娃；生娃干啥？放羊。这个圈圈理论在"创卫"中被打破，岢岚人在实干中实现了对旧思想的扬弃和超越。在书记王志东看来，"创卫"仅仅是手段，让岢岚人拥有体面、舒适、尊严的生活，然后信心百倍地奔向投资洼地、产业高地、宜居福地、生态宝地的目标。王志东说："我们要一张蓝图绘到底，一任接着一任干，一件事一件事去落实，一个问题一个问题去解决，历史重镇、清凉山城、养生福地梦想的实现就不会久远。我们要按照人人用心、个个发力、项项落实、事事办好的标准担当履职、主动作为，富民强县、共建美好岢岚的目标就一定能够实现。"

特别该在此强调的是，岢岚富民强县绝不是只顾县城，县城周边几个村纳入"创卫"的总盘子，城乡一体化建设在"创卫"中小试了牛刀，为之后的易地扶贫搬迁+特色风貌建设积累了宝贵的经验。

以忻州市城乡一体化发展布局为原则，岢岚县确定了未来一段时期建设发展的大思路。党的十九大提出，目前我国社会主要矛盾已经转化为人民日益增长的美好生活需要和不平衡不充分发展之间的矛盾，岢岚县对照检查，城乡之间、人群之间贫富不平衡的比例，比全国平均水平还大。几千岢岚贫困地区的群众，渴望走出深度贫困。直面城乡之间不平衡，发展落差，人民的需求还不能完全满足，供给结构存在较大问题，发展质量和效益还不高，环境污染、生态破坏等短板。解决这些问题，后发的岢岚县看到了比先发地区具备加以规避的优势，从这个角度看，贫困的岢岚迎来了后发的先机。

岢岚县政府充分吸取先发地区发展的教训，对2013年的全县域建设规划进行了调整（表2-1），立足岢岚工业刚刚起步，有利于高位起点，高标准建设，实现跨越式发展新型化工业的目标；同时强调坚持城乡一体化共同发展，在建设中解决城乡发展不均衡。长达几十万字

岢岚县村镇体系职能类型规划 　　　　表2-1

职能等级	村镇名称	职能类型	职能分工
中心城区	岚漪镇（县城）	综合型	以特色农产品加工、养殖及加工、物流商贸、旅游业为主，县城政治、经济、文化、信息中心
中心镇	三井镇	商贸型	以农副产品加工、现代物流、旅游、商贸为主的中心镇
重点镇	阳坪乡	商贸型	以煤焦化工、现代物流、集贸为主
重点镇	高家会乡	商贸型	以集贸、高科技产业为主
重点镇	宋家沟乡	旅游型	以旅游、农副产品加工和新能源产业为主
一般镇	神堂坪乡	商贸型	以集贸、现代物流为主
一般镇	水域贯乡	农贸型	区域性集贸中心、以农副产品加工和集散为主
一般镇	李家沟乡	农贸型	区域性集贸中心、以农副产品加工为主
一般镇	西豹峪乡	农贸型	区域性集贸中心、以新能源产业为主
一般镇	温泉乡	农贸型	区域性集贸中心、以农副产品加工和集散为主
一般镇	太涧乡	农贸型	区域性集贸中心、以农副产品加工和集散为主
一般镇	王家岔乡	农贸型	区域性集贸中心、以农副产品加工和集散为主
中心村	共12个	农业型	各乡镇次中心，对周围村庄具有服务和经济社会辐射带动功能
基层村（特色村）	共63个	农业型	以居住、农业为主

的规划，战略上勾画出岢岚要成全国有影响力的航天科技教育基地；山西省具有山岳风情的山水景观旅游区；晋西北地区重要的生态保育区；忻州市的绿色产业为主轻型工业示范区。战术上采取大集聚、小分散策略，以"大县城"为龙头，加快县城集聚发展，促进县域经济社会大进步；以乡村居民点重组为纽带，推动城乡一体化发展。规划

预测，随着发展，岢岚县城镇人口将从目前的6万人上升为2030年的7.78万人，城镇化率将上升十个百分点。

由此可见，岢岚县发展大局仍然是城乡一体，农工兼顾。

规划希望形成"1城、4镇、2轴、12村"的村镇空间格局。一城，指全县城镇与产业发展的核心；四镇，为三井镇、高家会乡、宋家沟乡、阳坪乡，是县域副中心，其中宋家沟乡与高家会乡、阳坪乡确定为未来重点发展的三个中心；2轴，是由忻保高速、148县道、209国道、岢瓦铁路、218省道组成的以县城为中心的"X"形城镇产业发展轴；12村，指12个中心村，仅次于镇区的村庄，未来作为撤并村的人口聚集地。

后来的易地搬迁扶贫就是按照这个思路规划推进的。

应该说2013年的规划是基础，之后岢岚县一切与城乡发展相关的计划、策略、思路都参照此规划，一丝不苟地执行着王志东所说的"一张蓝图绘到底"。按照"迁村并点，空间集中；分区引导，协调发展"的具体要求，有计划有步骤地将山区人口和产业向外迁移，通过人口城镇化、经济活动城镇化和生活方式城镇化，实现真正的城乡一体化的发展。

宋家沟村被选为易地搬迁扶贫安置点+特色风貌建设试点，也是依据规划中非均衡性发展的要求，把城乡居民点职能原结构"中心城区——乡（镇）——行政村——自然村"调整为"中心城区——中心镇——重点镇——一般镇——中心村——基层村"六级村镇体系结构，按轻重缓急分步实施。

而邻近宋家沟村的赵家洼村在习总书记走后按照此规划中迁村并组、集中空间措施执行整村搬迁，退出建制。原因就是，赵家洼村人少、空心化程度高，地处偏僻，交通不便，村落破败，村集体经济薄弱，不具备改善的基本条件，就地扶贫，成本高很，容易形成返贫。

易地搬迁扶贫政策在山西省开展的比较早，2012年，山西省易地搬迁扶贫现场会就在岢岚县召开，因为岢岚是扶贫重点县，规划"十二五"期间完成人口在200人以下的75个贫困村庄移民搬迁，后来一统计，岢岚县超额完成了人口在100人以下84个村的移民搬迁。

向贫困说不，向深度贫困宣战，是破解新时期我国社会主要矛盾的一个重要方向。2016年《全国"十三五"易地搬迁扶贫规划》再次发出更嘹亮的冲锋号，要求包括岢岚县在内所有贫困地区，完成近1000万建档立卡贫困人口的易地搬迁。岢岚作为易地搬迁扶贫的重中之重，打响了攻坚战，各乡镇各部门大胆探索、不断研究和完善政策措施，坚持易地扶贫搬迁与产业开发、城镇化建设、社会保障相结合，把尊重群众意愿、保障农户利益作为易地搬迁扶贫的第一原则，力争2020年全县脱贫摘帽。

但是易地搬迁扶贫仅仅把人迁走是脱不了贫的，必须同时考虑到如何避免返贫。脱贫又返贫是世界性难题，发达国家都没有解决好。

有研究表明，在美国的出生于贫困家庭的黑人，约30%在成年后仍然处于贫困之中，白人的贫困代际传递比率约7%，对黑人而言，出生于贫困家庭的成年人处于持久性贫困的比率是非贫困家庭的2.5倍。英国的研究发现，16岁时经历过贫困的人群中有19%会在成年后仍处于贫困。在芬兰，成长于贫寒家庭的人成年后贫困的概率是成长于非贫困家庭的2倍。

具体到我国，随着经济增长，收入贫困发生率不断下降，贫困发生率从1988年46.4%下降至2015年的5.7%。但是由于收入不稳定、不平等程度的持续扩大，农村的相对贫困程度仍居高不下。据国家统计局发布的《2017年国民经济和社会发展统计公报》数据，我国农村贫困

发生率从2000年的10.2%下降到2017年的3.1%。2000年以来，脱贫人数多数年份维持在200万到300万，"十二五"期间，7000多万贫困人口实现了脱贫；但与此同时，农村返贫率却高达20%以上，有些年份甚至达到60%以上，其中2009年贫困人口中就有62%是返贫人口（图2-5）。

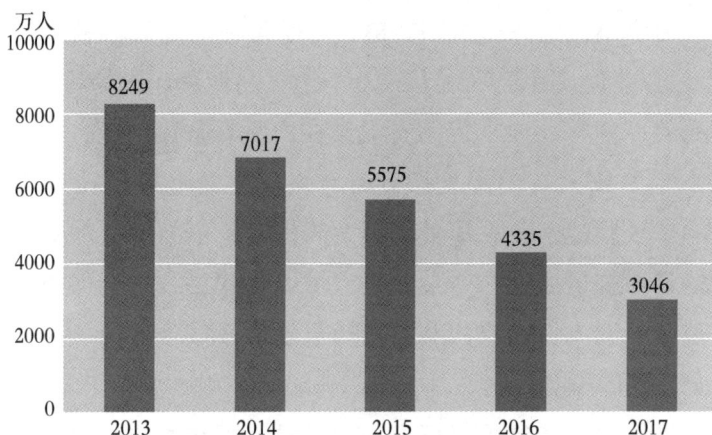

图2-5　2013—2017年年末全国农村贫困人口

　　岢岚县多年来通过金融扶贫、产业扶贫帮助农民脱贫。然而全县近一半村庄散落在边缘沟壑，深受路电水短缺的困扰。过去10年里，虽然有63个偏远村庄自然消失，但仍有115个贫困村，过着得病靠熬，上学靠跑，吃饭靠天的日子，这部分人口达1.3万之多，贫困发生率21.5%。

　　贫困人口持续不减成为我国目前社会主要矛盾的核心问题，要实现2020年全国脱贫，把集中连片深度贫困地区的贫困人口搬出去显得十分紧迫和重要，更为紧迫的是，搬出来的贫困人口如何稳定脱贫，逐步实现小康。

2016年7月，岢岚县成立了由住建、国土、农委、扶贫办、电力、交通、水利、电视台等部门组成的专题调研组，委派具有建筑专业背景的政协副主席高常青带队对县域范围进行了易地搬迁扶贫集中调研。他们先后深入岚漪镇、三井镇、高家会乡、神堂坪乡、王家岔乡、李家沟乡、宋家沟乡、大涧乡、阳坪乡、温泉乡、西豹峪乡、水峪贯乡等2镇10乡，除6个城中村外的196个村庄，通过现场踏勘、走访、座谈、调查问卷等形式，全面了解乡村现状，切身感受岢岚县农村生活状况，真实了解村民的搬迁意愿，广泛听取基层干部和广大村民对于易地搬迁扶贫的需求和建议。所走访的贫困村，基本都是常住人口只有20%、50岁以上人口占81%、危房占56%的村庄。一个叫井沟的地方，散落着17个袖珍村，村民过着老死不相往来的原始生活，后来一位新华社记者去采访无奈称村民为现代版的"山顶洞人"。经过调查，高常青心里已经有了结论：一定要把这些村子搬迁出去。

在高常青看来，这样的村子"就地脱贫成本很高，脱贫稳定性差，尤其是边缘沟壑里的村子返贫风险是绝对的。"然而115个村整村搬迁作为一项攻克深度贫困的超常举措，不要说对岢岚县，就是在忻州市、山西省也是一次巨大的挑战，不仅涉及资金投入，职能部门协调，工程项目量，最难的是115个村4000多村民的搬出和安置，以及搬出安置背后巨大的烦琐、复杂的利益、平衡的压力和多头绪工作的艰难。高常青调研汇报后，县委县政府知难也上，迅速作出决定，对115自然村实施整村搬迁，搬出贫困，起死回生。

贫困大迁移，拷问岢岚县上上下下，对政府是攻城拔寨；对村民是背井离乡；对乡村基层干部是来自上下的压力；对王志东是百味杂陈。作为晋绥边区腹地，老区人民为保卫延安、支援前线，作出了巨大牺牲，多少年过去了，还戴着贫困的帽子。"不能让流过汗、流过血

的乡亲们再流泪。"这就是王志东下定决心的初衷，"不搬出贫困，对不起脚下这片红色的土地！"

2016年12月9日，国务院扶贫办规划财务司副司长郑友清率队来岢岚县调研指导脱贫攻坚工作，座谈会上，郑友清建议，按照"搬得出、稳得住、能脱贫、能发展、能致富"的总体思路，在1775名贫困村民进县城广惠新村，超额完成省市下达1100人脱贫任务的基础上，探索符合县情实际的梯次搬迁、整村推进的模式。这更坚定了王志东的决心，他凭着一股西北汉子的血气，表了态："中央有铁打的精神，我们要有打铁的本领，把钉子一颗一颗钉牢钉实。""扛起整村搬迁担子，与贫困群众一起，圆满完成全县脱贫攻坚的各项任务。"

2018年8月，在国务院扶贫开发领导小组发布的《2018年全国脱贫攻坚奖候选人（组织）公示公告》中岢岚县委书记王志东的名字引起了"长安街知事"（北京日报官方网站，由北京日报时政记者转撰稿）的注意。"长安街知事"介绍说，这位"75后"经济学博士，数年间默默奋战在脱贫攻坚一线，立志带领全县100多个村子易地搬迁，脱贫摘帽。因操劳所致，仅仅几年，他已"老得连熟人都认不出"了。老的连熟人都认不出的王志东其实生于1976年5月，此前曾工作于共青团山西省委，任宣传部长，之后历任山西省委宣传部正处级秘书、定襄县委副书记等职（图2-6）。2013年5月，调到岢岚县任县委书记。到任前两年，他刚刚获得经济学博士学位，所以有人揣测他到岢岚是"脚板抹油、脸上镀金"去了，谁会想到他日复一日默默用自己所学担起易地搬迁、一步步走出贫困的重任，一干就是几个年头。

王志东是个"普通"的人。他说到岢岚几年的时间，寂寞相伴，他用学习来消解。王志东是个非常低调的人，不喜欢拍照、上电视。在接受采访的时候反复嘱咐"不要写我"，这是作为我们之间信任的约

图2-6 忻州市常委、岢岚县县委书记王志东（右二）、高常青（右一）在2018年习近平总书记视察宋家沟村一周年的纪念活动现场

定。然而谁来写岢岚县易地搬迁扶贫都不可能缺少县委书记王志东，宋家沟村整治建设怎么能没有县委书记王志东？

很快岢岚县确定了以"政府主导、群众自愿、统筹规划、分步实施、分类安置、综合扶持"思路，村庄迁并，行政合并的"十三五"易地搬迁规划，通过建设以县城广惠园移民新村为中心、8个中心集镇为辐射轴、17个重点村为骨架、54个中心村为支点的搬迁安置地，将搬迁出的3389户8445人全部安置。其中对全县115个山庄窝铺3537口人实施整村搬迁，按照推进精准识别对象、新区安置配套、旧村拆除复垦、生态修复整治、产业就业保障、跟进社区治理"六环联动"，先行启动"8"个之一的宋家沟村试点工作，2017年搬迁551户1604人，2018年搬迁1368户3285人，剩余1470户3556人在2019年完成搬迁并安置（图2-7）。

图2-7 岢岚县乡村分布示意图

　　岢岚县将宋家沟村确定为易地搬迁扶贫的"样板间"先行先试，规定三个月期限内快速完成，为其他安置点的特色风貌建设提供经验，便于更有序、更经济、更高效、更准确地推进全县的易地搬迁扶贫进度。明确宋家沟要按照规划、设计、招标、施工、管理"五统一"集约建设原则，全面实施集易地扶贫搬迁、特色风貌整治、基础设施提升、公共服务完善为一体的美丽乡村建设。总任务是收储闲置废弃房屋、宅基地2.29万平方米，新建移民安置房265间5300平方米，翻新改造旧房屋206户、公共建筑2.92万平方米，将安置房平方米造价控制在1200元以内，承接全乡16个村145户易地搬迁户265人无自筹拎包入住（表2-2）。

　　宋家沟建设完成后，《光明日报》记者杨钰前来采访。她先走访

岢岚县乡镇村庄情况 　　表2-2

乡镇	总人口（人）	村庄数量（个）	面积（平方公里）	村庄密度（个/百平方公里）	地貌类型
岚漪镇	38489	38	209.3	18	黄土丘陵沟壑区、黄土丘陵缓坡区、土石山区
三井镇	6892	15	112.8	13	黄土丘陵缓坡区
神堂坪乡	7107	14	133.1	11	黄土丘陵缓坡区、土石山区
高家会乡	6675	15	187.5	8	黄土丘陵缓坡区
宋家沟乡	6155	22	247.7	9	土石山区
大涧乡	4237	17	124.6	14	土石山区
王家岔乡	1927	10	85.6	12	土石山区
水峪贯乡	4332	21	189.5	11	黄土丘陵沟壑区
李家沟乡	1742	11	133.3	8	黄土丘陵沟壑区
温泉乡	2287	11	110.5	10	土石山区
阳坪乡	2626	13	184.2	7	土石山区
西豹峪乡	2777	15	164.2	9	黄土丘陵沟壑区、土石山区

了即将退出建制的赵家洼村特困户刘福有家，"刘福有的家不大，一张大炕，一张小床，挤着几个陈旧的樟木箱。刘福有与71岁的老伴杨娥子、92岁的老母亲一家三口都有病在身，种着20多亩薄田，收入很少。"赵家洼是深度贫困村，常住的只有6户13人，没有自来水，耕地多为陡坡地，十年九旱，生产生活条件十分恶劣。全村只有一口井，村民吃水都成问题。

来到宋家沟洼峰回路转，记者切身感受到与山沟沟里的赵家洼村相比，令人向往。因为这里柏油路、自来水、宽带网、学校、卫生

院、文化广场等基础设施和公共服务设施非常齐全。从40里外的长崖村搬到宋家沟的张明贵,站在古色古香的崭新院子里,看着紫的茄子、红的辣椒……精心侍弄的小菜畦生机盎然,总感觉恍如梦中,提起当年的家和现在的生活,当过20年村支书的老人对记者说,没有党的扶贫好政策,没有这么多好干部,哪能有这舒心的好日子。

记者所见宋家沟的变迁应归功于岢岚县(2013—2030年)总体规划打下的良好基础,归功于岢岚县发展的有序和连贯性,我们完全可以理解为易地搬迁扶贫和岢岚自主建设城乡一体化不谋而合。岢岚人自发攻坚克难的内生动力,岢岚人不搭花架子、不打花拳绣腿、不做表面功夫,实实在在做人、踏踏实实干事、实干加苦干的特质在保卫延安中、在"创卫"中、在宋家沟乡村整治中一次次被验证。

王志东说,我们从来不满足于只是刷刷墙、描描红、换换门窗,他认为那样搞城乡建设、干事情,就是在做表面文章,结果是花了钱,两三年后又恢复原样。所以岢岚无论是"创卫"、县域乡村对标提升、县域乡村建设,还是易地搬迁扶贫、农村建筑特色风貌整治,都坚决杜绝涂脂抹粉,而是从面貌改变的开始,在干中激发精神动力,全面振兴转型,这是岢岚县城乡建设、易地变迁扶贫的终极目标。所以有"创卫"带来的天翻地覆变化,所以有宋家沟易地搬迁扶贫、美丽乡村的新生。而成为山西省脱贫的标杆,成为全国新农村的典范,是这目标的"副产品"。

2018年6月21日,习总书记来宋家沟村周年纪念日。经过大战后的宋家沟美丽动人,这天在宋家沟村举办了乡村旅游季开幕式暨AAA景区授牌和乡旅研学基地挂牌仪式,县委书记王志东说:"宋家沟的蝶变是我们按照习近平总书记的嘱托践行脱贫攻坚的具体实践。大家要铭记6月21日这一天,把习近平总书记的思想、脱贫攻坚的好政策变成'撸起袖子加油干'的干劲，让我们的生活一天更比一天好；要感恩这一天，怀着对习近平总书记和党的无限感恩之情来深入开展脱贫攻坚工作，圆满完成脱贫任务；要奋斗每一天，天天到现场，日日来苦干，时时解难题。在脱贫攻坚的路上，县委、县政府绝不会让一个群众掉队，绝不拉下一村一户一人，我们要用争先的行动，扎实的行动，苦干、实干、大干、真干，来回报党中央，回报习近平总书记，为岢岚乡村振兴、转型升级贡献力量。"

宋家沟的远方刚刚拉开大幕，不仅是宋家沟自身还需要在产业培育、传统文化传承、村民素质提升上走很长的路，而且其周边村落和地区还需要总结借鉴宋家沟的经验，还需要宋家沟为全国深度贫困地区脱贫奔小康提供更多的智慧和解决方案。随着岢岚县115个村整村搬迁的全面告捷，战略重点转移到整村提升和整顿风貌上。就是要画出最新最美的画，打磨出留得住的乡愁和山水田林路村生命共同体。接下来的路，比搬迁更艰难的是，岢岚县153个村的产业发展、集体经济、共同富裕，村民的美好生活未来仍然需要艰苦的奋斗。

好在岢岚县早有规划，早做了打算，2017年3月，忻州市政协第四届第二次小组讨论会上高常青提出了一个前瞻问题：2020年顺利脱贫后，农村的后续内生动力在哪里呢？这个问题体现出岢岚县在规划的时候就开始探寻宋家沟村试点建成后持续发展的思路了，宋家沟易地搬迁扶贫如何搬出后稳得住、能致富？高常青说，"根据长达半年的实地调研，在当前现状下，农村要想顺利脱贫、稳定达小康、激发农村内生动力是最重要的手段。解决应由浅入深。"

一是先打造新农村新气象，把重点放在农村建设上，解决居住环境，提振信心的问题。

二是激发新农村新动力，把重点放在产业发展上，解决经济来

源，持续发展的问题。

三是塑造新农村新精神，把重点放在秩序重建上，解决意识残缺，重塑村风文明的问题。

宋家沟评为国家AAA级景区后，顺势以发展乡村旅游为新引擎，借助多方优势，不断提升旅游业发展水平，近两个月旅客接近八万人次，村民各个卖凉皮、粉皮、莜面、文创产品的摊位都赚的盆满钵满，切实增加农民非农收入，有效实现增收致富。

一座年处理5000吨沙棘的加工基地也已在宋家沟新村建成，并联姻了18个沙棘造林合作社，分批培训的600多村民逐步上岗。与此同时，羊肉深加工项目、光伏发电项目等，也给贫困农民带来实实在在的收益。

宋家沟新村文旅扶贫有了突破进展，更加坚定了县委一班人咬紧牙关，拼搏奋斗的信心和决心。随着岢岚古城恢复、宋长城建设，文旅策划从纸上谈兵到落地生根，岢岚又踏上文旅富民、文旅兴城又一个战场。

由此可见，宋家沟村貌的改变仅仅是岢岚城乡一体化富强发展的前奏，岢岚县在宋家沟脱贫的路上缰绳挥舞，在发展的路上奔跑如风。

二、推开宋家沟蜕变之门

关键词：集约化　系统乡建

　　曾经连山西省都鲜有听说过的特困村宋家沟，如今有了教科书式的介绍：

　　宋家沟村位于岢岚县城东12公里处，209国道和忻保高速公路横贯东西，水资源丰富，交通便利。全村共有167户629人，耕地2473亩。宋家沟新村，则是集易地搬迁和生态型庭院经济于一体的示范村。宋家沟新村是岢岚县一个易地扶贫搬迁的集中安置点，村民新居已经建好，村民正陆续搬迁。现在宋家沟村来旅游观光的人络绎不绝，成为全国的美丽宜居的新农村（图3-1）。

图3-1　宋家沟村东村口

宋家沟成为美丽宜居的山村，还得从2013年岢岚县全县域整体规划说起。

一提规划，就要说到岢岚县政协副主席高常青了（图3-2）。高常青是岢岚县人，从家乡出来学了建筑，后来在岢岚县建委工作，到岢岚县城已经20多年了。因为是学建筑出身，所以岢岚县有关城乡规划的事情总少不了他。后来做了岢岚县政协副主席，他仍然冲在一线。从2013年

图3-2 高常青近照

主导《2013—2030岢岚县县城总体规划》调研开始，始终没有离开过岢岚城乡规划建设的主战场。他已记不清在岢岚跑过多少路，绕县城多少圈，全县的村庄去过多少回了。

高常青日夜忙碌城乡规划，还喜欢写诗填词，两个不相关的内容在他身上完美地统一了，他用诗情化解挑战的压力。宋家沟开工后的4月10日，他写到：雨润宋家沟，已是仲夏春盎然；淅沥细雨洗芦牙；云遮雾绕入蓬莱；苏姑戍外百姓家。寄托着他对这片土地的深爱之情，有深爱，还有什么累、还有什么难呢？

2013年的岢岚县总规范围是1城、4镇、75个村。1城指岢岚县城，重点打造4个中心镇，整治75个行政村。也就是说，在2013年岢岚县已经开始考虑到乡村的建设发展问题了。2014年，岢岚创建全国卫生县城，县城周边的4个村也参与了创建。2015年11月，中央扶贫开发工作会议吹响了我国脱贫攻坚战的冲锋号，岢岚县委县政府谋划全县域的

易地搬迁扶贫，乡村建设成为了岢岚县的"风口"。

2016年4月，岢岚县四套班子集体出动，走访乡村，展开调研，重新划定总规范围为1城、1镇、202村。2016年7月至8月，高常青带领城乡规划专业团队又在全县乡村调研了一个半月，完成了60多页《岢岚县县域乡村建设可行性研究报告》，岢岚县乡村现状存在的问题，以及解决的办法跃然纸上。报告分析了行政村、撤并村、合并村等各类村庄在实际操作中可能遇到的情况，对基础设施、乡村产业、用地布局、村庄风貌控制、村庄整治等等提出了建设性意见。多达几十页的报告附表，列数了哪个村该整村搬出，哪几个村组该合并，搬出的村民该落户到哪儿。报告通篇用事实说话，拿数字说明，小到一个村民的名字，一户住房的面积都清清楚楚。这部被称为岢岚县史上最完整、最充分、最详实的县域乡村全貌报告，不仅得到了县里的认可，同时得到了忻州市的首肯，成为日后易地搬迁和特色风貌建设的重要基础依据（图3-3、图3-4）。

图3-3　岢岚农村中的老窑洞

然而人往哪里搬、钱怎么筹、地在哪里划、房屋如何建、收入如何增、生态如何护、新村如何管？出于角色不一、期望不同、观点差异、目标错位等因素，决策层意见并不一致，疑虑和彷徨，分歧和保留贯穿于整个建设决策始终。这些无解却要必须应对的问题，极大地考验着基

图3-4 独居老人

层政府的研判能力和决策水平。对于岢岚县来说，易地搬迁扶贫不是选择题，但脱贫攻坚却无石可摸。

王志东的思路是，唯有从实际出发，实事求是地解决，才能成全实效。

2016年11月，依据调查事实，结合住房城乡建设部发布《住房城乡建设部关于做好2014年村庄规划、镇规划和县域村镇体系规划试点工作的通知》，编制了《岢岚县县域乡村建设规划（2016—2030）》，《岢岚县县域乡村综合整治工程建设项目可行性研究报告》也相继出台。至此岢岚县规划明确定了（除王家岔乡村庄以及8个城中村以外的）104个村庄按ABC三类标准分类整治，涉及农民安居、设施提升、环境整治和公共设施建设四大项工程。

详细计算下来，四项工程包括：农民安居工程3640平方米、农房院落梅花工程124300平方米、移民搬迁安居工程6550平方米、设施提升包括道路工程285938平方米、亮化668个太阳能路灯、饮水工程73920米。环境整治包括乡村垃圾清洁120平方米、农村污水处理16800平方米、人畜分离规模化养殖场87100平方米、粪便无害化处理工程500平

方米、农村卫生厕所推广工程900平方米、村庄美化228410平方米、绿化17880平方米、河道整治8370米。

如此详实的工程计算，基于缜密细致的实地调研；如此巨大、琐碎的工程量规划，需要"十三五""十四五""十五五"三个五年时间完成。王志东说，乡村建设不是一朝一夕的事，不能一蹴而就，在岢岚需要一张蓝图绘到底，一任接着一任干，一级带着一级干，从现在开始起步，坚持不懈地小跑，到2030年岢岚的乡村才有可能实现与城镇的同步发展。

《岢岚县县域乡村综合整治工程建设项目可行性研究报告》还明确，对全县贫困人口分散、常住人口不足50人的深度贫困村实施整村搬迁，全县115个村，占总数的三分之一，共计1719户4008人，形成"1（县城）+8（中心集镇）+N（村庄）"城乡一体化融合发展格局。具体采取归零、做减法、先减后加法三种办法：归零，就是全部搬迁，适用于那些山庄窝铺、常住人口不足50人的村庄，涉及91个；做减法，是在保留的主要交通沿线中心村，将原有空宅基地、破损房屋收购、拆除，土地收购为集体，然后增减挂钩，涉及99个村；先减后加法，是准备安置移民的重点村和乡镇所在地，利用现有村庄空置可住人安全房屋进行改造，对原有空宅基地、破损房屋收购、拆除，然后新建，对自愿搬迁至中心村的安置贫困户对象，按人口和人均建设面积20平方米的标准进行住房安置，涉及22个村。最后将保留的111个中心村和重点村，按组团式、单列式合并为76个行政村。其中22重点村分两类，即特色风貌+美丽乡村型和美丽乡村型，执行13项指标建设；99中心村分为特色风貌型和环境综合整治型，也执行13项指标，但手法轻；另外37个扶贫出列村按6项硬件标准整治。

2017年1月上旬，《岢岚县开展农村建筑特色风貌整治工作实施方案》对实施内容和办法以及实施步骤，尤其是资金保障提出了具体措施。一是整合各类涉农资金，包括扶贫移民搬迁、危房改造、建筑节能改造、改善农村人居环境、地质灾害治理、传统村落保护、美丽乡村建设、重点镇建设、乡村清洁工程、绿色村庄整治、一事一议、生态移民补助等项目资金。二是通过政府购买服务的方式向国农开发银行或中国农业发展银行融资。三是鼓励通过社会资本投入、村民参与等方式融资。四是创新机制体制，通过奖补等方式与农户分担整治费用。五是对于精准贫困户、五保户、低保户、残疾人家庭可由政府全部出资。

方案同时确定，三井村、宋家沟村、口子村、阳坪村、王家岔村5个高速公路沿线和中心村，作为精品示范点、示范线、示范区，先行编制村庄建筑特色风貌整治专项规划，其规划要与新农村建设、旅游发展等衔接，分区分类为全县域村庄建筑特色风貌整治提供指引，并要求整个建设工作于2017年完成。

为确保精品建设，岢岚县成立了农村建筑特色风貌整治工作领导小组，从组织机构上保证实施方案的精准落地。王志东亲力亲为，担任领导小组的第一组长，县长任组长，分管副县长、各相关单位负责人为副组长和成员，高常青作为副组长和指挥部常委副指挥披挂上阵。领导小组的职责是在实施中对农村建筑特色风貌整治工作的协调、督促和指导；下设的指挥部承担方案具体实施，包括任务申报和安排；建设过程中协调、考核、验收，依据节点组织召开领导组会议，组织专项规划评审，负责与市住建局及各小组的联络对接工作，并督促指导各工作组按照农村建筑特色风貌整治要求开展工作等。

2015年11月，中央扶贫开发工作会议提出"坚持以脱贫攻坚统揽经济社会发展全局"的攻坚导向，释放出以脱贫攻坚为抓手，统揽全局，确保经济社会综合发展的信号，岢岚县面临着怎样全盘下好易地搬迁扶贫这局棋？如何走好农民增收、农业发展、农村稳定的路？

经过2014年岢岚创建国家卫生县城后，城镇面貌发生了翻天覆地的变化，但在这轮此消彼长中，拉大本来就存在的城乡差距，贫富更加悬殊。岢岚乡村在深度贫困、三农问题、发展不均衡等诸多负面因素交织下，人口严重流失，老龄化、空心村现象十分突出，贫困村村民住房极其简陋，危房比例高，基础设施配套严重缺失，环境脏、乱、差，地质安全隐忧，以及村民思想观念故步自封、传统文化缺失等，问题成堆，积重难返。

解决农村问题还得从研究农村问题的视角着手。一直关注乡村建设的县委书记王志东对三农问题以及提出问题的李昌平一点也不陌生。他说我毕竟是一个农民的儿子，乡村、农民与我有着天然的联系，所以他与李昌平未曾谋面，但对农村问题的共同专注让他们有了"神交"。

李昌平是湖北监利周老乡人（图3-5）。1963年生，经济学硕士。1983年1月参加工作，历任湖北监利县周河公社团委副书记，监利县周老乡书记、毛市镇副镇长、周沟乡、柘木乡、棋盘乡党委书记、监利县委农村工作部副部长等职务。2000年3月，他上书朱镕基总理，反映湖北农村的突出问题，指出"农民真苦、农村真穷、农业真危险"，引起中央对三农问题的关注。9月辞职南下广东打工，并呼吁"给农民平等国民待遇"，被评为《南方周末》2000年年度人物。2009年9月在河南信阳平桥区郝堂村主持以"内置金融"为切入点的村社共同体主体性重建及自主

图3-5　李昌平

综合发展实验，2013年郝堂村被建设部等部委授予国家级"生态宜居示范村"。2011年成立乡建院，以机构方式主持同类实验遍及北京、湖北、河南、广东、内蒙古、贵州、四川等地。

"三农"问题作为概念提出来，是2000年3月李昌平任湖北省监利县棋盘乡党委书记的时候，从此乡村的困境就以三农问题的提法一以贯之。事实上三农问题自新中国成立以来就一直存在，不仅仅是个现实问题，而且也是个历史问题，是长达半个世纪城乡矛盾积累的结果，改革开放后尤为突出。学界分析：一是中国农民数量多，解决起来规模大；二是中国的工业化进程单方面独进，三农问题积攒的时间长，解决起来难度大；三是中国城市政策设计带来的负面影响和比较效益短时间内凸显、农村问题集中并突出。总的来看，广大农村基本上仍是农业社会现代化程度低，发展严重滞后城市，城乡差别、城乡居民收入差距很大。学界认为当下对三农问题，应该从历史和体制上进行全方位的梳理和深入剖析，寻求解决根本办法。

新时期以来，新一届领导更加重视三农问题，在提法上对其有了全新的表述，称其为"全党工作的重中之重"，而此之前的提法是"把农业放在国民经济发展的首位""加强农业基础地位"。2008年中央十七届三中全会通过的《中共中央关于推进农村改革发展若干重大问题的决定》中，对三农问题用"三个最需要"进行了总结（农业基础仍然薄弱，最需要加强；农村发展仍然滞后，最需要扶持；农民增收仍然困难，最需要加快。），提出了农村改革发展的指导思想、基本目标、任务和遵循原则，把三农问题视为我国改革的焦点问题。解决三农问题目的是要解决农民增收、农业发展、农村稳定；实际也是解决发展的不平衡不均等问题，解决社会稳定，发展安全问题。

特别贫困村与生俱来的资源条件差再叠加三农问题，解决起来更

加棘手和艰难。把握社会经济发展的全局，将脱贫与奔小康和乡村振兴三项战略有机衔接，避免脱贫返贫，在岢岚得到了统一。在岢岚县经济工作会议上，明确全县乡村建设，以农村集体建设用地增减挂钩、易地扶贫搬迁和危房改造等相关政策为支撑，采取搬迁整合、改造提升等方式，打造凸显特色的环境美、产业美、精神美、生态美的"四美"乡村。

后来在忻州市政协四届二次会议上，高常青重申了规划的具体想法：岢岚县以脱贫攻坚为总揽，在新农村、美丽乡村、特色小镇、特色风貌，易地搬迁扶贫等政策要求下，以农村为主战场，努力实现农村顺利脱贫、稳定达小康，关键要激发农村的内生动力，实现农村自我发展。岢岚计划三步走，第一步把重点放在农村新气象建设上，解决居住环境，提振信心的问题；第二步是把重点放在新农村产业发展上，解决经济来源、持续发展的问题；第三步把重点放在新农村秩序重建上，解决意识残缺，重塑村风文明的问题。

进入2016年11月，整个扶贫攻坚的形势更加紧迫，12月，国务院扶贫办规划财务司副司长郑友清率队在岢岚县调研指导脱贫攻坚工作并召开座谈会，力促岢岚脱贫总攻开始。

2017年2月，《关于加快推进宋家沟村特色风貌美丽乡村建设的实施方案》完成，同时成立的宋家沟村特色风貌美丽乡村建设工作指挥部开始工作，高常青作为常务副总指挥，全盘负责宋家沟建设的具体事宜。要求三个月内快速完成宋家沟村样板建设，为全县域易地搬迁扶贫和特色风貌提供模式和经验，避免走弯路。

可以窥见，这是具有集约型意味的思路。在岢岚县建设发展的过程中，总能找到集约化思维方式的影子：出于科学使用资金，在县域乡村规划中设定了ABC类建设标准，A类执行"创卫"标准+美丽乡村标准+脱贫标准+乡村清洁标准；B类执行美丽乡村标准+脱贫标准+乡村清洁标准；C类执行脱贫标准+乡村清洁标准，每个村庄按标准分解项目，用项目匹配资金和资金使用范围，可以达到有限的资金花在整治最为需求的地方，而不是像以往扶贫资金"撒胡椒面"，眉毛胡子一把抓，而是集中有限的资源，重点问题重点解决。

本来集约是经济领域的术语，与粗放型思路相比，集约化更注重质量效益型增长。在目标上，集约型强调提高增长的质量和效益；在手段上，集约型从效率和效益着手；在途径上，集约型靠充分利用现有基础，着重于更新、改造和挖潜；在表现状态上，集约型为持续、快速、健康发展。岢岚县一张蓝图，一本规划到一个试点的顶层设计思路，目标清晰，方向正确，方法集约。提出试点先行，类似于现代化企业发展过程——小试、中试到投入生产，预判宋家沟试点完成后，以点带线、以线带面，确保了整治的效益和效率。设定的三类整治标准，分梯次，掂轻重，有缓急，避免一刀切，最大化利用有限的资金，这本身就是经济管理的常识。

之前所有的准备工作，都体现了政府作为脱贫攻坚主导部门，为推进易地搬迁扶贫的责任担当，以及发挥着巨大作用，同时深度的谋划，为之后乡建院作为协作者角色推进整体建设提供了充分准备。

选择宋家沟村作为岢岚易地搬迁扶贫移民集中安置中心镇试点，高常青说，出于几点理由，首先是看中宋家沟岢岚县城的东大门，具备交通便利和信息畅通条件；其次宋家沟有乡办运输、商贸、餐饮服务业，在当地具备一定的产业优势，集体经济保存较好；宋家沟是千年古村落，具有历史悠久的地方传统文化资源；宋家沟的基础设施相对完善，具备改善的条件；还有就是宋家沟乡党委在2000年规划了美丽乡村建设，具备相对先进的乡建思想意识（图3-6）。

图3-6　旧村俯瞰图

当然还考虑岢岚县乡村改造的常规指标，宋家沟的常住人口远远多于50人，又一次印证了地理位置对贫困的影响，小到村落间，大到县域间，尤其是在山峦起伏和丘陵地区，十几里的距离也许就有截然不同的生活天地（图3-7）。迁徙成为深度贫困乡村改善生活质量的唯一方式显而易见。宋家沟要"改穷貌、搬穷村、挖穷根"，担当着全县域贫困村跨过2020年脱贫门槛的重任，同时承载着与全国人民一起进入小康社会和乡村振兴的希望。

其实，了解内幕的人都知道，此前，岢岚县领导一直寻找规划的落地方法。县委书记王志东心里清楚再好的规划设想、顶层设计，没有人、没有团队、没有技术、没有实操经验，永远是纸上谈兵。之前应邀合作的各级别专业团队，都是长期从事城市建设的，拿城市规划中景观与建筑设计经验和标准套用在乡村建设上，过多地对乡村的绿

图3-7　旧村舍

化、景观、建筑物和建筑物的结构、风格考虑，忽略了乡村的独特性和传统文化。每个村庄，虽然小，但都有不同于其他村落的文化肌理、历史风貌和传统风俗，单一的规划房屋建筑显然不是乡村建设的全部，也很难实现建设乡村的初衷。

岢岚县的规划预期，是抓住易地搬迁扶贫的政策契机，构筑乡村振兴的平台，通过特色风貌、特色资源、特色文化，甚至特色产业的综合建设发展，对乡村实施全方位的整体改造提升，到达环境美、产业美、精神美、生态美的"四美"乡村。同时，既要实现脱贫攻坚建小康，又要实现城乡基础设施一体化和社会公共服务均等化，还有为未来乡村预留更广阔的发展空间。

这同样出于集约化考量。

城市建设中常常见到由于分属不同部门，电力、上下水管、煤气管道各自为政，修缮电路，需要挖开道路；修理、安装水管，又要打开道路，甚至上水管和下水管的修葺都会分别在道路上开口子，既造成市政开支的浪费，又常常扰民，被媒体讥讽为什么不在马路上安条拉链？城市建设的经验教训为乡村建设提供了借鉴，预留未来发展空间，是减少今后建设投资的集约思维。

谁可以达成如此丰富而繁复的乡村建设，实现岢岚县对宋家沟试点的预期？

信息化时代，已不是问题的问题了。

王志东工作之余，大量时间用来学习。在他的位置上，看到、听到相关县域发展、乡村建设的信息比普通人多，他在朋友圈里看到国家机关事务管理局刘伟发的乡村建设图片，隐约感觉找到了心目中岢岚乡村的样子。

刘伟1985年出生的，老家在湖南省新化县，也是国家级的贫困县

（图3-8）。2010年他从清华大学毕业，本科学的是法律，研究生学的是金融，毕业后考入国家机关事务管理局。2015年7月，挂职河北阜平龙泉关镇黑崖沟第一书记。放下行李，刘伟就投入了到黑崖沟村的帮扶工作中（图3-9）。

图3-8　挂职帮扶干部刘伟

　　驻村帮扶，刘伟做的第一件事就是和村"两委"班子一起对全村贫困人口进行重新识别，因地制宜，确定针对老中青三个年龄段的扶贫思路，即"老有所养、壮有所用、幼有所教"。刘伟看到了国务院扶贫网站光伏养老项目，就没有

图3-9　黑崖沟全景

停下实实在在帮扶的脚步。从投资到产销，刘伟带着村民完成了光伏发电板56组，日均发电700多度，年收入电费28万元左右，可以让村里240多名60岁以上老年人持续25年每年增收1000多元；同时争取到县金融扶贫贷款150多万元，建成占地50多亩的绿色蔬菜大棚，带动了30余户村民就业；针对村里留守妇女多的实际情况，刘伟大力推动发展家庭手工业，目前村里建起佛珠制造、毛绒玩具加工、景泰蓝加工3个手工业厂，带动妇女就业50多人，年人均收入两万元。

对贫困地区帮扶，经济是一方面，扶智和扶志更重要，刘伟认为，这两点都需要教育帮扶。驻村以来，他先后联系协调清华、北大、人大等著名高校和机构为黑崖沟小学累计捐助近60万元，先后帮学校建设图书室，购买图书、电脑、课桌椅等，全力改善办学条件。他还帮助村里设立阳光奖学金，对村里在读大学生给予每人每年2000元奖励，以此营造"重视读书、教育脱贫"的氛围。

村里有了产业、学校有了生机，刘伟又开始整治村貌村容（图3-10）。为了团结更多年轻人，刘伟建立了微信群、微信公众号以及短信群发平台。他每天5点起床，用一个小时编辑和传播黑崖沟的变化，一些外出打工的年轻人看到村子的变化发展后倍受鼓舞，纷纷建言献策。

这一举动不仅吸引了更多的村里年轻人，还给外省岢岚县委书记王志东提供了切实可行解决宋家沟试点落地的信息。

黑崖沟的综合整治是邀请中国乡建院设计建设的。

乡建院成立于2011年，专事乡村建设，通过构建城乡互动机制，打造规范化、专业化、系统化建设乡村的平台，运用组织乡村、建设乡村、经营乡村的理念致力于让乡村生活更美好事业。不同于其他的设计团队，乡建院以专业的知识结合深入农村社区的工作方法，广泛调动农民和农民组织作为建设主体的积极性，确保乡村建设项目落地

图3-10　改造后的黑崖沟村貌

实施的效率和质量，并通过一个又一个乡村建设实践，探索适合乡村的规划设计、经营发展之路。

　　乡建院由跨领域的专家团队组成，依托基础性支撑、生计系统、人文系统、生态系统、治理系统五大服务板块，系统化整合不同专业、行业，搭建深度合作平台，为新乡村建设提供系统性、整体性解决方案。重要的是乡建院一直坚持通过组织创新、金融创新、土地创新实践，探索从基层出发的三农改革之路，这在三农问题日益凸显已深刻影响我国社会经济平稳发展的当下，尤为弥足珍贵。乡建院以"建设未来村，共创新生活"的理念，倡导并引领面向未来的乡村生产、生活、生态的协同发展。

此前的2009年，乡建院在河南信阳郝堂村，以内置金融合作社为切入点，先行开展了系统性乡村建设的实验；之后，2011年成立了乡建院，从此就没有停下边建设乡村、边探索如何发展乡村的脚步。2012年与南水北调中线水源地淅川县签署战略合作协议，结合自然生态保护和楚文化及水库移民文化，为8个乡镇、13个社区进行乡村建设规划设计；2015年与贵州省桐梓县签署战略合作协议，作为桐梓县农村综合改革发展的顶层设计和实施指导的战略合作伙伴，与桐梓县政府共同探索中国梦时代桐梓、遵义乃至贵州三农改革发展模式，共创"改革乡建"。到2017年底，乡建院在全国各地已经完成乡村建设项目200多个。

2014年，郝堂村登榜住房和城乡建设部首批12个"美丽宜居村庄示范"名单；2015年荣获住房和城乡建设部中国人居环境范例奖。2017年2月，央视《新闻联播》头条播出《郝堂村：建造宜居的村庄》的报道，之后同频道又讲述了郝堂村《有了新金融才有新农村》的故事。以农民为主体、尊重乡土的系统性建设的模式受到政府、社会和媒体的广泛认同，乡建院从此走入了人们的视野（图3-11）。

为了振兴乡村，传播系统乡建理念，探索乡村的未来，2016年3月起，乡建院在河南信阳郝堂村设立了乡村复兴讲坛，这是一个相对固定平台，每月开坛一次，以乡村建设典型案例的视角，展开"从小乡村、看大中国"讨论。三农问题研究学者、农村改革一线基层干部和有乡村情怀企业家与县乡村干部对话，针对可持续发展农村话题深入交流，共同探讨我国农村发展的方法和路径，此讲坛被业界贯以"中国乡村振兴讲习所"。

乡建院把乡村建设看成一个复杂的巨系统。

1979年，钱学森和乌家培曾在论述社会系统工程时指出，社会系

图3-11　设在河南信阳郝堂村的乡建院总部

统不只是大系统，而是巨系统，是包括整个社会的系统，强调社会问题的范围之大、复杂程度之高是一般系统所无法涵盖的。这是学术界第一次提出巨系统概念。乡建院把乡村看成巨系统，可见农村的繁杂和琐碎不是一般城市设计可以应对的，必须要系统性、全局性解决。乡建院提出软件和硬件并行的解决思路，用大规划、大设计、大营造原则，践行了近十年，为上百个乡村提供系统性、整体性、全方位的建设方案。特别是通过对村庄内部改革，即软件建设，充分激发村庄内生动力，实现乡村建设自主、高效、可持续发展，目前，此方案已成为具有普遍复制意义和推广价值的乡村建设经验，放之乡村而皆准。

　　2015年，河北阜平县赶上了乡建经验的瓜熟蒂落。被确立为"国家旅游扶贫试验区"后，在区域发展与扶贫攻坚的总体要求下，阜平县8个乡村开展了精准扶贫、美丽乡村建设，黑崖沟所在的龙泉关镇是

定位为阜平旅游扶贫试验区的引领和标杆。乡建院一介入，首先就全县以及黑崖沟的基础状况进行细致调研，对地理特征、区位特点、历史沿革、风土人情、传统文化等掌握一手材料，同时系统采集阜平西部山区基本民居建筑特色，对传统叠涩（一种古代砖石结构建筑的砌法，用砖、石，有时也用木材通过一层层堆叠向外挑出，或收进，向外挑出时要承担上层的重量。叠涩法主要用于早期的叠涩拱，砖塔出檐，须弥座的束腰，犀头墙的拔檐。常见于砖塔、石塔、砖墓室等建筑物）、拱门、窗格、门头、屋脊、烟囱等一一做记录，充分掌握传统元素，使得设计契合当地实际，符合当地风土人情、生活习惯、传统文化，切实落地可行。

除了硬件方案，乡建院还准备了软件设计套餐，对村民如何参与建设、如何在建设中和建成后维护成果，以及如何守住原本淳朴的民风等提出了全面管理约束方案。特别值得一提的是，针对黑崖沟"建设成全国乡村垃圾资源分类中心示范点"的设想，设计了包括一整套关于收运费用、游客要求、村民规定、培训计划方案。

刘伟发到朋友圈里吸引王志东关注的照片是黑崖沟完成整治后的照片，黑崖沟的新农村景象深深感染了王志东。

之前岢岚县也找过山西省、上海市等地的专业建筑设计团队，但是这些团队基本都是为城市建设设计的，对乡村建设设计有很多短板，王志东总觉得套用这样的设计不到位、不解渴、不能落地。在和忻州市委书记李俊明聊到此事时，他说了自己的想法：只是刷刷墙、描描红、换换窗不能解决农村的建设问题，不能全面完成岢岚县政府对宋家沟的预期，不能实现岢岚县的规划初衷。

在王志东看来，乡村建设的关键是文化的把握，要有接乡村地气的理念和落地设计方案。此时，河南信阳郝堂新农村建设已经引起了王志东的关注，让王志东感兴趣的是，郝堂怎样跻身全国第一批美丽乡村的，其规划设计的落地经验能不能复制到宋家沟来。

对于郝堂，中央党校文史教研部刘忱副教授曾经写过一篇题为《多声部合唱：郝堂的乡村建设之路》的文章：

"郝堂的变化在于乡村建设的新思路形成和与市场化不尽相同的方式方法。整个村庄既没有让资本进村上项目，也没有任由长官指挥。而是由基层政府部门、乡建专家团队和本地村民一起，共同缔造了郝堂的今天。这不是什么人单打独斗地'做'出来的项目，而是各种合力共同推动的结果，是一曲多声部的合唱。其建设步骤由浅入深、由表及里，行动也是边想边做、边做边改，最终建设出了既保持村庄面貌和内在社会结构，同时又融入了现代元素和新社会群体和文化生机的新郝堂。2017年2月9日，央视新闻联播以头条新闻的方式宣传了郝堂，这不仅是对郝堂一个村庄成绩的认可，也是对一种乡村建设模式的肯定。"

郝堂成为新时期乡村建设的标杆，是因为它不同于20世纪60年代的大寨，也不同于改革开放后的小岗村。郝堂是在有人提出，富裕农民必须减少农民，富裕农村必须消灭农村；要让农村城市化的声调中，通过自身的建设和发展，复兴起来的新农村。郝堂的建设是让传统的农村适应现代化发展需要，让农民分享更多发展成果，在现代化的意义上把村庄整体激活。郝堂的成功符合习总书记反复强调："中国强，农业必须强；中国要富，农民必须富；中国要美，农村必须美"的精神，所以乡建院把乡村复兴讲坛放在郝堂举办，让参与交流的乡村建设人员可以亲临现场感受郝堂的建设成效，学习郝堂的建设经验和方法。每期乡村复兴的邀请函中都会清晰地写道："郝堂，中国乡村振兴讲习所，实干的，讲给想实干的听，实干的，回去实干就干成，乡村振兴大战略，怎么落地实施？到小村来共商大计。"

黑崖沟、郝堂讲坛，为岢岚解决宋家沟整治落地问题配备了钥匙。

2016年12月26日，郝堂乡村复兴论坛再次开坛，高常青带队参加了此期的考察学习，高常青回忆，"去郝堂，主要目的是看看郝堂村的设计规划和建设，没想到郝堂论坛是探索农村全面发展的讲堂，对我们日后的深入农村工作启发很大。"更为重要的是，他们找到了建设黑崖沟村的团队。

高常青回忆，那天讲坛午餐上，他们与同桌吃饭的人攀谈起来，就乡村建设相关问题进行交流。席间他拿出王志东发过来的黑崖沟的照片，参与该项目建设的乡建院设计师李明初刚好也在同一桌上进餐，他对黑崖沟再熟悉不过了，他接过话茬，全面介绍了黑崖沟的项目特点和落地情况，介绍在黑崖沟项目上乡建院的建设乡村的理念，以及与其他专业团队不同之处。高常青喜出望外，真是得来全不费工夫。

高常青回来向王志东作了详细的汇报，从郝堂说到黑崖沟，从乡村设计说到乡村发展。

郝堂的情况与宋家沟有相似之处，地处大别山山地，村民年人均收入3600元，随着青壮年外出务工，老人孩子长年失去照顾，社区建设滞后，如果顺其自然的话，用不了多久，就会在城镇化的进程中消失得无影无踪。2009年，出现老人因为无钱医病而自杀，这给村两委震动很大。转机就出现在这一年，李昌平自掏腰包正四处寻找内置金融社的试验田，机缘巧合，到了郝堂（图3-12）。郝堂经过三年集中建设，之后又经过不断地调整，小山村不仅外貌焕然一新，村民们的生活得到了极大改善。从村庄环境卫生的整治，发展到公共卫生事业的拓展，深化到义务教育阶段的再度兴旺。一方面，极大地促进了乡村融入现代文明，另一方面，又吸引着成千上万的城市人来到这里寻找乡愁、享受乡村生活氛围。外出务工的青壮年纷纷回乡创业，经营起

农家乐、民宿和本地原生态农副
产品等等，原先寂静破败的山村
呈现出一派生机和兴旺景象（图
3-13~图3-15）。

图3-12　李昌平初来郝堂创办合作社

乡建院乡村复兴讲坛是依托
郝堂样板设立的，乡建院传播现
代乡村建设的理念、途径和方
法，希望前来取经的人通过亲临
郝堂其境，直观地感受到系统乡
建的心历路程。

乡村建设在我国的历史并不长，零零星星算下来该是大清帝国结
束之后开始的。那时中国近代工业革命开始不久，乡建是其衍生品，

图3-13　乡建院乡建后野趣十足的新郝堂

图3-14 郝堂村复兴是从垃圾分类开始

图3-15 郝堂村返乡青年胡涛投资500万元建起了他的农庄，之后不断完善，开展民宿、家庭亲自体验等经营模式，通过打造品牌、包装成礼品，销售自家种植的农产品。被誉为郝堂村乡建2.0版的希望。（右二为胡涛）

是当时一部分觉醒的知识分子在迷茫中寻求强国所做的社会实践与呐喊。其定义是城市人做农民的事，而非农民自身的建设。

西方工业革了传统工商业的命，也革了传统农业的命。1898年6月11日，光绪颁发"明定国是"诏书，宣布维新变法，后来又陆续颁布一系列维新变法诏令，其中集中废科举和兴办学堂，学校当时也叫"洋学"。1896年，罗振玉、朱祖荣等人成立中国历史上第一个农业学术团体"上海农会"，并呈报皇帝："立国之本不在兵也，商国之本不在商也，在手工与农，而农尤要，相因而势，理有固然。"光绪接受了这份奏折，农业也成为戊戌变法重要内容之一。1899年，我国第一家农事试验机构——上海育蚕试验场成立，标志着中国传统农业向现代化迈出的第一步。

1927年3月，陶行知先生创办中国近代史上最早的试验示范乡村，"生活教育"理论与乡村教育运动，也由此发生。2017年之后，清华大学清农学堂与信阳职业技术学院（前身为豫南道立初级师范学堂）合作，成立乡建学院。

到了20世纪三四十年代，晏阳初、梁漱溟、阎锡山、卢佩孚等以各种形式提出自己的乡建实践与理论。晏阳初倡导平民教育；黄炎培力推"划区施教""富教合一"的农村改进理论；梁漱溟在山西运城实验以"乡建资金合作社为基础，全力复兴传统文化"；陶行知主张"教育与农业携手"。这时还有一个非常了不起的人物，就是军阀阎锡山，他的乡建做的最有效也最系统，其成绩显赫，称为中国百年乡建的典型代表。

应该说，2002年，李昌平疾书《我向总理说实话》，掀开了我国乡村建设新的扉页，不仅加速了我国新时期农村建设的步伐，而且注入了新的内容，三农问题清晰地诠释着乡村建设的要点。2005年中央一号文件提出两个反哺，即工业反哺农业，城市反哺乡村；同年提出新农村建设，2006年，全国农民实行免税，我国的乡村在百年之后再次开启了乡村建设之行。这期间的代表性人物有1977年时任安徽省委书记万里、国务院农办杜润生、原建设部村镇司副司长李兵弟等。

说是百年乡建，其实乡村建设一百年来变化不大。李昌平在接受《时代周刊》的采访时，毫不客气地说："乡建大多是停留在100年前的水平。"他说的乡建是指对乡村建设思路、方法、理论和实践的探索。

1949年前，由于岁月动荡鲜有村庄提供乡村建设的实验场地，1949年后，由于我国处于百废待兴，之后又忙于经济振兴，无暇顾及乡村建设。

改革开放后，我国经济飞速发展，工业化和城镇化水平迅速提高，国家统计局预计到2020年城镇化率将达到60%。而农村从20世纪90年代开始，已有2.6亿农民工进城，改变着我国社会结构，出现了空巢

村、老人村、留守儿童村和贫困村……据住房城乡建设部《全国村庄调查报告》数据显示：1978—2012年，中国行政村总数从69万个减少到58.8万个，自然村总数从1984年的420万个减少到2012年的267个，年均减少5.5万个。

有学者纵观人类文明史，认为乡村的"兴"和"衰"是一对矛盾，有兴则有衰，衰与兴有时又互为转化。城市化和工业化是乡村衰落的诱因（图3-16）。英国羊吃人式（英国工业革命，推动了人类文明的巨大进步，也带来了英国自身的高速发展，但同时却是以牺牲广大农民利益为代价的。英国在17世纪进入了世界强国之列，成为"日不落帝国"，殖民地的迅猛扩大，使英国的羊毛生产和纺织品生产获得了巨大市场空间，殖民统治者为满足新市场需要而强迫广大农民破产，农田变成牧场，农民被迫转化为工人。这便是被史学家们称为"羊吃人"）工业发展之路，加速了英国农村的衰落。拉丁美洲的乡村衰落走了另外一条路，即过度城市化和超前城市化。拉丁美洲国家独立后城市化

图3-16 探索乡村兴衰始终没有结束

速度明显超过工业化速度，甚至有的国家还走上了无工业化的城市化之路。政府放弃了乡村建设，农民自己也抛弃了乡村家园，大量农民涌入城市，导致城市人口过度增长，城市建设步伐滞后于人口增长速度，不能为居民提供充分就业机会和必要生活条件，使得农村人口迁移到城市之后，没有实现相应的实质性转换，带来严重的"城市病"。除殖民时代建成的城市中心区域为富人所拥有外，大量贫民则居住在城市周边的"贫民窟"。这些贫民窟成了脏乱差和"犯罪"的代名词。政府和农民自己都抛弃了乡村，致使乡村严重衰落破败。无论英国羊吃人还是和拉美超前城市化式（拉美超前城市化有两个基本特点：一是城市化"超前"，二是"大都市化"。所谓城市化"超前"，指的是城市化发展超越了经济发展所达到的水平，形成与经济发展不协调的局面。城市化"超前"带来的突出问题之一是城市无法为迅速增加的劳动力提供就业机会。所谓"大都市化"是指城市人口过分地集中于100万人口以上的大城市，拉美"大都市化"的重要特点之一是各国的"首要城市"所占人口比例极高。拉美城市化的这两大突出特征造成了诸多不良后果，例如，加剧了地区间的不平衡发展，城市贫困现象伴随城市化而增加，就业、住房、教育、医疗、社会治安等一系列城市社会问题长期难以解决，大片城市贫民窟的存在使任何的城市改造计划都望而却步。）都是值得我国社会经济发展借鉴深思的教训。

党的十九大把乡村振兴战略与科教兴国战略、人才强国战略、创新驱动发展战略、区域协调发展战略、可持续发展战略、军民融合发展战略并列为党和国家未来发展的"七大战略"，释放出我国乡村建设紧迫性，作为国家战略，乡村振兴已关系到国家发展的全局性、长远性、前瞻性的核心和关键问题，关系到我国是否能从根本上解决城乡差别、乡村发展不平衡、不充分的问题，也关系到我国整体发展是否

均衡，是否能实现城乡统筹、农业一体的可持续发展问题。

今年初，人民网发表范建华的署名文章，强调我国过去是一个典型的农业国，我国社会是一个乡土社会，我国文化的本质是乡土文化，因此振兴乡村显得尤为重要。对于走出"中等发达国家陷阱"，建设社会主义现代化强国，实现中华民族伟大复兴中国梦具有十分重大的现实意义和深远的历史意义。文章归纳总结了五条现实意义：

第一，振兴乡村的本质，便是回归乡土中国，同时在现代化和全球化背景下超越乡土中国。

第二，实施乡村振兴战略，本身是对近代以来充满爱国情怀仁人志士们理想的再实践、再创造。

第三，实施"乡村振兴"战略，核心是要从根本上解决目前我国农业不发达、农村不兴旺、农民不富裕的"三农"问题，达到生产、生活、生态的"三生"协调，促进农业、加工业、现代服务业的"三业"融合发展，真正实现农业发展、农村变样、农民受惠，最终建成"看得见山、望得见水、记得住乡愁"、留得住人的美丽乡村、美丽中国。

第四，实施乡村振兴战略，是重构中国乡土文化的重大举措，也就是弘扬中华优秀传统文化的重大战略。

第五，实施乡村振兴战略，从根本上解决中国粮食安全问题，而不会受国际粮食市场的左右和支配，从而把中国人的饭碗牢牢端在自己手中。

特别要说的是，中央一号文件已经成为我国政府重视农村问题的代名词，2019年初，改革开放四十周年的展览统计出从1982年到2018年发布的20个相关农村改革的一号文件。

2017年，乡村振兴战略提出后，郝堂和郝堂讲坛走到了乡村建设的前台。

高常青从郝堂学习回来就结束了2016年年度的日子。

这一年，王志东当选为忻州市第四届市委委员、常委。

王志东说，郝堂让我们把三农、李昌平、黑崖沟、乡建院、系统乡村建设联系在一起，给谋划岢岚县的易地搬迁扶贫和特色风貌建设提供了更加丰富思考空间，使其集约化建设乡村的思路落地有了可能。所以坊间说，乡建院团队最终能参与宋家沟的建设，是天时地利，也是缘分。

来年开局，2017年1月10日，忻州市召开农村建筑特色风貌整治工作动员会，市委书记李俊明强调，开展农村建筑特色风貌整治，各级各部门一定要以高度的政治责任感和强烈的历史使命，真正把这件事关人民福祉、事关忻州形象、事关长远发展的好事办好，推动全面脱贫、全面小康做出新的更大的贡献。

李俊明明确"三不要求"：一不是简单的"穿靴戴帽"，二不能搞"形象工程""政绩工程"，三不能搞"大拆大建""大轰大嗡"。在操作中，李俊明提出要坚持"六个突出"。一是突出县为主体，二是突出循序渐进，三是突出技术指导，四是突出地域特色，五是突出功能环境，六是突出农民意愿。强调广泛征求群众意见，不强迫命令、包办代替；要做好舆论宣传工作和群众工作，把农民力量调动起来，变"要我改"为"我要改"，变"等靠要"为"主动干"。

动员会一结束，2017年1月12日，岢岚县成立了开展农村建筑特色风貌整治工作指挥部，忻州市委常委、岢岚县委书记王志东亲任组长；13日，组长就带队，县里四套班子和县级领导，以及财政、住建、农委、水利、环保、林业、扶贫等部门，十二个乡镇党委书记组成的新农村建设考察组直奔赴河北省阜平县龙泉关镇黑崖沟、骆驼湾两村实地考察学习新农村建设的先进经验。

　　考察组一行驱车三个多小时到黑崖沟，下车后马不停蹄直接参观了黑崖沟和骆驼沟的乡村建设，简单午餐后，听取了乡建院薛振冰副院长及彭涛、李明初，以及两个村子的第一书记关于新农村建设发展理念、规划设计特色、项目实操运营、内置金融合作社、环境整治等方面的讲解，王志东对乡建院团队在乡村建设中的高昂热情、对乡建发展的探索、对推动未来乡村建设所做的工作予以高度赞赏。

　　动身前，岢岚县拟定了几个需要在黑崖沟座谈的问题：①集中了解黑崖沟、骆驼湾村的规划、设计、建设过程的关键点在哪里？传统风貌、传统特色怎么体现？②乡建最难的是如何落地，资金解决？怎么平衡各方的利益？③黑崖沟、郝堂、骆驼湾等美丽乡村建设可复制性在哪里？普通村庄怎么能够长时间内可持续健康发展？传统文化和产业如何发展？④内置金融或者其他资金合作组织的建立可能是农村内在动力的本源，怎么激活推广？⑤针对岢岚县空心村如何解决？⑥在建设方面，政府的主要作用是什么？如何把握好指导和建设的尺度？

　　带着问题考察归来，大致结论是：黑崖沟和宋家沟类型一致，文化历史遗产、传统风俗习惯，区位上都处于太行山东麓深山区，周边有五台山和天生桥瀑布景区，经济上是国家重点贫困村，村庄也是破败不堪。和郝堂村一样，黑崖沟乡村建设既没有让资本进村上项目，也没有任由长官指挥，整个过程都是由基层政府部门、乡建院专家团队和本地村民共同打造，这不是哪个人单打独斗地"做"出来的项目，也不是哪个机构推进出来的村庄，而是各种合力共同推动的结果。其建设步骤由浅入深、由表及里，行动也是边想边做、边做边改，边改边建，最终建设出了既保持村庄面貌和内在社会结构，同时又融入了现代元素、新社会群体和文化生机的新乡村。看到黑崖沟新农村建设效果好，落地方法接地气，县领导班子达成一致意见，由乡建院承担宋家沟试点的规划和建设，建成像黑崖沟一样的新农村。

负责宋家沟村建设项目的乡建院乡村持续发展工作室负责人彭涛回忆起这段至今仍有些兴奋：从岢岚县政府接触乡建院到签约宋家沟村试点仅仅用了一个月时间，这一个月从黑崖沟考察开始算起。

山西省里把建设试点任务放到了忻州，忻州市五寨村、河曲村承担试点建设，作为忻州市常委、又是岢岚县委书记的王志东主动请缨在宋家沟村先行先试。2017年1月21日，岢岚县召开农村建筑特色风貌整治工作动员会。

2017年2月10日，《岢岚政务》微信号发布《岢岚县脱贫攻坚惠民政策》。

2017年2月14—17日，乡建院负责黑崖沟建设项目团队李明初、彭自新等应邀到岢岚考察。岢岚县委县政府以"立足脱贫、着眼小康、特色风貌、有效落地"为原则确定了宋家沟村试点项目定位后，邀请具有实际操作经验的、可以帮助实现各项规划和方案落地的乡建院承接设计、建设、实施。之后乡建院还在岢岚全县域范围设计建设了多达55个村。

2017年2月18日，乡建院接到确定合作的电话。

对接岢岚项目的李明初明白，宋家沟村乡建项目不同于乡建院合作的普通项目，这个试点项目承载着国家易地搬迁扶贫、山西省2020年脱贫攻坚的重托，承载着以岢岚为代表的忻州农村特色风貌整治的希望，承载着实现"十三五"岢岚脱贫摘帽奔小康，再塑美丽乡村的决胜实验。

2017年2月24日，项目负责人彭涛赶往宋家沟。到现在彭涛也难以抑制骄傲和自豪："在这么短的时间内确定合作，在乡建院的建设项目

中恐怕只有宋家沟的项目做到了。"彭涛清楚这背后是岢岚县政府对易地搬迁扶贫和乡村建设一体化实施的缜密考量，是对县域乡村建设与未来发展的综合思考，是对先进乡村建设理念的理解，同时也是乡建院十年来乡村建设项目的影响，更是乡建院长久以来积极传播乡村建设理念的效应。

三、通往宋家沟的高速路

关键词：协作者　系统乡建

2016年2月6日，中共中央、国务院颁发了《关于进一步加强城市规划建设管理工作的若干意见》，明确了"提高城市设计水平，塑造城市特色风貌"的目标任务，为新时期城市特色风貌规划建设指明了方向、提供了基本遵循。

后来山西省的农村建设也参照此意见，把农村特色风貌建设试点放在了忻州市，忻州市2017年1月12日在岢岚召开了忻州市农村建筑特色风貌整治工作动员会，之后宋家沟农村特色风貌整治全面铺开。

制定宋家沟村特色建筑风貌整治计划是提前背了书的。岢岚县编制的《岢岚县县域乡村建设调研报告》和《岢岚县县域乡村建设规划（2016—2030）》《岢岚县县域乡村建设可行性研究报告》通过评审后，确定秦家庄、神堂坪、阳坪村、宋家沟村、吴家庄村5个村作为岢岚县第一批乡村整治示范，后来出于更集约更快速考虑，确定宋家沟作为易地搬迁扶贫试点、农村特色风貌试点、中心村建设试点先行先试，计划两个月内完成。

此前，忻州市委书记李俊明对试点提出过几点建议：要距高速路近、距景区近、距县城近，是中心集镇。宋家沟恰好符合这四个条件，距高速路出口十分钟，距县城12公里，是去往王家岔宋长城的必经之路，是此次易地搬迁扶贫安置点、中心集镇。

高常青说，宋家沟同时也是未来不会消亡的村庄（图4-1、图4-2）。

乡村消减是社会发展的大趋势，不考虑这点乡村建设将造成巨大的浪费。包括宋家沟在内，岢岚县对现有常住人口的268个自然村进行对标提升，撤村并组，最终确定全县保留115个村。高常青说，就是这115个村中三分之一是50人以上、100人以下的村庄，生活着几乎都是五六十岁以上的老人，未来十年、二十年将会逐步消亡。对这样的村庄，此次整理执行三类标准，按6项硬件标准进行整治，不大投入。这就是王志东所

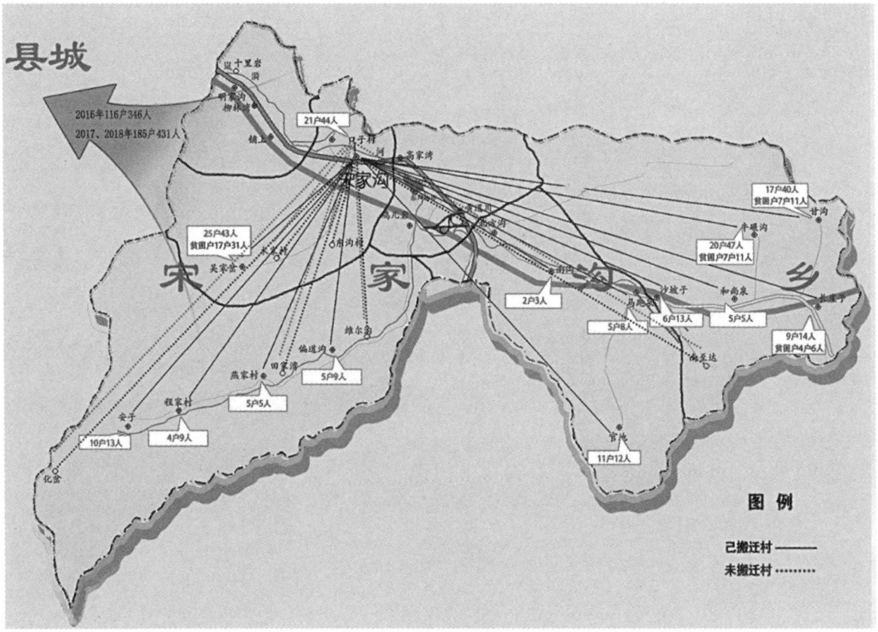

图4-1　宋家沟乡示意图

图4-2　俯瞰改造前宋家沟的全貌

说的量力而行，全县域建设不能搞平均主义，"不撒胡椒面"，要将有限的资金按轻重缓急的原则用到最需要、最重要、最合适的地方。

对村落的消失和衰落的趋势预判决不是可有可无的。

2005年至2009年，是我国城市化进程最快的时期，平均每年减少7000多个村民委员会，每天有20个行政村消失。目前全国农村人口总已减少40%多，而且仍有继续消减的迹象。事实是只要土地收成无法提供同等的回报，农民离开土地是必然的大势所趋。以美国为例，占人口3%～5%比例的农场主在为整个国家提供粮食的同时，还有大量余粮出口。按照这个标准，我国乡村还会大幅度继续减少。当然乡村不会全部消失，当城镇化顺利完成的时候，乡村会维持在一定的比例上，只不过和现在相比要少得多。李昌平很早就注意到了这一点，所以他的核心观点强调乡村发展建设要"积极进取"，要有作为，不能坐观其变、坐以待毙，而是要主动创新，拥抱新时代。郝堂村的实践，就是他为新时代乡村建设积极打造的样本，通过"集合化"+"内置金融"的支点，推动村社共同体恢复"四权统一"（村社集体所有制为基础的财权、产权、事权、治权的统一）和"三位一体"（社区经济发展、建设和治理的三种职能一体）。内置金融以养老资金互助社为切入，以乡村旅游和养老村建设为目标，带动土地增值收益，惠及村社成员，实现乡村可持续发展。他预测，按照发展进程，未来中国村庄的30%应该走这条道路，10%将被城市化吸纳，另外60%将会自行消亡。

但这样的消失是积极主动的，是以不生成新的三农问题为底线的退出。岢岚在此次易地搬迁扶贫的规划中首先考虑了这个因素，对已经没有存活价值的村庄执行保守建设，最终完成《岢岚县县域2016—2030年城乡建设规划》确定的"1+8+N"设想，在城乡一体化格局下，一个县城、八个中心集镇、若干中心村均衡发展，为全面奔小康打下基础。

2017年2月14日，刚刚过完春节，《关于加快推进宋家沟村特色风貌美丽乡村建设的实施方案》通过审核批复，乡村持续发展工作室也到了宋家沟，设计团队其实只需要做一件事：帮助岢岚县政府实现长久以来的规划设想，让顶层设计平稳、保质、快速落地。

二月的宋家沟，还是天寒地冻，然而给设计团队最深印象的是破败和凋敝的程度，用当下的眼光看宋家沟的贫困已经是无以言表。乡镇的主要干道仍是土路，下雨一脚泥，晴天起灰尘；街道两旁，其他地方很难看到的土坯房也已是墙皮成片脱落，破损的房子仍然安住着老人和孩子；基础设施配套严重缺失，村庄环境脏、乱、差，村庄地质安全隐患重重，更重要的是村民思想观念故步自封、传统文化缺失。岢岚县组织乡镇干部去杭州考察，干部回来感叹到自己的家乡太贫困了（图4-3、图4-4、图4-5）。

图4-3 改造前宋家沟的村貌

图4-4　改造前宋家沟乡主干道

图4-5　改造前宋家沟村两委办公地

宋家沟百废待兴。

面对如此破败的村落，设计人员出于职业冲动，希望尽快投入改造整治中，通过自己的建设理念和设计思路还当地村民一个干净、整洁、美丽、宜居的新农村。

2017年2月17日，设计团队大致了解宋家沟的原始状况和县政府对乡村特色风貌整治的设想，初步掌握岢岚县美丽乡村建设进展和存在问题，以及县域特色风貌的构架、政策和相关审批手续的情况后，交换了对宋家沟的设计框架、思路和建设步骤的意见，结束了短暂的考察。

2017年2月18日，考察人员刚刚回到驻地，就接到岢岚县政府希望合作的电话。

2017年2月19日，乡建院乡村持续发展工作室团队正式介入宋家沟村特色风貌整治建设，秉承乡建院"和农民一起建设新农村"的理念，明确以协作者的身份开展规划建设。

乡建院从郝堂出发，每到一个地方开展乡村建设都坚持只做一个协作者，陪伴新农村的成长壮大。这一点与李昌平主张的建立农民自主体系、建立农民组织是一脉相承的。现在比较多见的乡村建设中，政府与开发商联合主导乡村建设，以假建设之名行任意摆弄农民、以获得利益为实比比皆是；就是完全由政府主导为农民服务的乡村建设，也包办了所有内容，做培训、给资金、搞建设等，致使村民误认为乡村建设是政府的事情，自然以事不关己的心态消极旁观。这二者以不同的方式导致了村庄主体性的缺失。乡村振兴战略的大面积实施，市场将会瞄准乡村建设，如果没有正确的治理导向，乡村将会陷入一场运动式的建设中，不仅不利于乡村可持续发展，还会再次打破乡村的宁静和平衡，造成适得其反的局面。

　　乡村建设是一项复杂的巨系统工程，村民自治、生活、生产、民俗、宗亲、土地、教育、集市、建房之间互相支撑，相互影响，犹如人的器官，缺一不可。如果外来力量强行介入乡村系统，势必造成碎片化的建设，甚至带来断裂、断层式的塌陷。在长期乡村建设实践中，乡建院对农民作为乡村建设的主体意义有深刻的理解，所以决不把简单地盖房子，修马路的硬件当成建设的重点，他们所到之处，重点工作首先明确农民主体地位上，充分调动其参与建设的积极性，发挥其主动意识。这就是所谓的"财力有限，民力无限"。同时在建设中优先考虑乡村产业、乡村社会治理机制等"软件"内容，确保乡村在经济建设、政治建设、文化建设、社会建设等多方面综合发展。

　　刚开始采访时，彭涛反复说"任何脱离以农民为主体的乡村建设都是建设者独自的狂欢"，不了解、不熟悉乡村建设的人很难理解这句话的含义。在乡建院介入之前，也有两三个省级大牌专业团队来到宋家沟，但都由于专业性过强不接乡村地气，宋家沟建设并没有选中他们。过强的专业性和权威性往往会不自觉地以"强势"姿态介入乡村建设中，但是再强的专业能力和权威底气在乡村建设往往都会遭遇"水土不服"，因为单纯的空间规划设计无法解决乡村的综合建设问题。规划设计者只有放下身段，以协作者身份更多地倾听与陪伴，用自身所熟知专业领域的技能、方法力所能及的提供协助，把更多的设计构想交还给村民，充分赋权予村民、尊重村民，陪伴着乡村"成长"，最终才有可能成功完成乡村建设，赢来掌声。

　　和所有项目一样，一进入宋家沟村试点建设，乡建院设计团队也是从入户与村民沟通、交流着手，详细调研村庄的全貌和细节开始。乡村规划设计问题并不复杂，复杂的是乡土风俗、人情世故、利益关系。规划设计师要牢记乡村建设协作者的角色定位，全方位了解认识乡村，慎重处理这些关系，在此基础上考量设计方案。因此工作内容必须从专注于空间设计向沟通协调倾斜，放下专业人员的架子，转向社会工作者，从村民的立场看待乡村，以村民的诉求和乡村发展需求出发，提供专业的设计（图4-6）。

住房、宅基地在农村是敏感问题，亲兄弟会因为一米的距离反目成仇，邻里会因为少占一分而大打出手。在乡村建设中，设计团队发现大部分村庄村舍权属并不清晰，住房和宅基地都没有基础地形图，成为建设乡村的最大隐忧。所以设计团队每到一个村庄，首先要完成村庄权属摸底，为设计建设打好基础。岢岚县政府几次对全县域乡村的走访调查，完成了大部分村庄的宅基地界线确权上图的工作，为设计团队提供了扎实的基础数据。

进驻宋家沟，进行了两次入户调查。初次入户调查，设计团队实地核对宅基地基础数据，进一步明确界限，同时对村庄所有单位和居

图4-6 宋家沟村设计师与村庄能人和老人交流调研

住院落的权属情况、公共街巷进行编号，登记权属名字和相关信息，为后期房屋安置利用完善数据基础。共核实统计了316个编号，其中95个公共空间，居住空间为221个；总建筑面积为38215.07平方米，其中公共空间用地面积为106014平方米，占总用地的58%。这些基础数据，为规划设计提供了依据，也为日后施工中可能出现的纠纷提供了解决的依据。

设计团队对全村所有房屋情况、院落面积、沿街设施，保留下来传统的门窗、墙体花纹、房顶屋檐一一记录备案，同时对所有建筑做了质量评定。宋家沟分新旧村，旧村多以居住用地为主，大部分已经空置。旧公社、原供销社、旧医院、原粮站等老旧公共设施，以及村舍分布街巷中。新村沿乡道两侧分布，有乡级公共服务设施和企业，国有林场，养老院等。新村建筑质量较好，多为砖砌房。新旧村庄整体以一层建筑为主，二层建筑多为公共建筑。 整个村舍原住民居有明显的屋脊式样，屋顶为典型的山西硬山屋顶，由瓦、木制檐口组合，黄土搭建；墙体大部分用石头堆砌和黄土抹草灰搭建，刻着花纹式样；门窗花纹大多成方格状简朴纹理；部分院落有传统的木制门头和石窑门头；建筑墙裙也是石头堆砌。

旧村建筑质量普遍比较破旧，建筑多为土坯房和石窑洞，有部分木制构架，部分院落已是空置废弃状态。按照建筑结构和风貌，设计团队将全村房屋归纳分类：一类建筑为2000年以后新建的二层建筑，多为砖混结构，质量较好；二类建筑为1980—2000年间建的一层建筑，立面进行贴砖或涂料修饰；三类建筑为1970—1980年间建筑，外观完整；四类建筑为1970年以前的建筑，质量较差，土木结构，损毁严重。针对不同年代、不同质量的房屋，设计团队提出初步整治方案，即保护、保留、改善、拆除、更新。对具有一定地方特色，反映当地建筑和环境的建筑元素进行保护；对建筑质量较好能长期继续使用、无须整修的建筑进行保留；针对主体良好能长期继续使用，但需要进行外观整饰的建筑进行改善；对质量差不能居住的建筑进行拆除，拆除后可以或需要重新建造的建筑为更新。

第二次入户调查，主要进行现场测量建筑面积的尺寸，了解村民对房屋的处置意见，归纳总结分成了四类：第一类，拆除后新建安置房，主要是拆除有人居住的危房或附属房，在原址上新建住房用于其他常住危房的人群或移民居住；第二类，改建后的安置房，主要针对无人居住房屋，由村集体收储和修缮后用于其他常住危房的人群或移民的安全住房；第三类，针对常住安全房屋保留，按照统一风貌改建，改建后自己住；第四类，有人居住的危房进行拆除，在原址新建用于自己居住。

经过梳理和统计，设计团队发现，村民之间的界限相对清楚，村民私人部分与公共部分相接处仍然存在矛盾隐患。针对可能产生敏感问题，设计团队转变思路，提出了"一户一图、一村一册"的方案形式。为什么要"一户一图、一村一册"？彭涛说，主要是针对项目落地问题。因为村民每家的宅基地边界都不是很规则，有的干脆涉及其他房子或者和几家分一个院子，如果设计全部按一种类型出方案，难以落地实施，也容易引起矛盾。一户一图根据每户的面积大小、方位、形状设计，有效地规避了这些问题。而一村一册，就是针对一个村的风俗、文化特点、生活习惯，单独设计全貌，可以避免千村一面，一个地区村貌雷同化。后来忻州市委书记李俊明把这两个技术方法推广到忻州市整体风貌改造中，要求所有县都按照"一村一册、一户一图"来规划设计乡村特色风貌整治。

乡建院设计团队与其说是设计建设乡村，不如说是来解决乡村发

展中的"硬核"问题，建设中所有的棘手问题都必须面对，并加以解决，逃避是不可能完成乡村建设的。所以直面乡村问题，在建设中逐一解决是乡建院的职业要求、也是乡建必须承担的责任。

彭涛在一期郝堂讲坛上对宋家沟村项目规划成功落地说过一段话："在乡建院进入岢岚项目之前，有两三个大型的设计团队已进入，存在的问题是项目始终落不了地，这个情况不仅仅体现在岢岚项目中，国内很多地方的项目都是如此，图纸和前期策划规划精准、宏观，但真正实施落地中由于牵涉各方复杂的利益关系，不少项目以失败结束。当然，在主体权属明确的建设范围内，复杂的利益关系可以由政府或企业协调解决，完成项目落地。但岢岚县是村庄改造项目，它和城市改造的最大区别在于政府资金的投入和乡村主体的多元性，主要体现在几乎全县域村庄很少有符合实际建设情况的地形图纸，村庄内部的用地权属错综复杂，界限不清晰，必须要通过前期耗费了大量的时间和精力，梳理这项复杂而敏感基础数据，厘清了繁复的情况，找到了有效的实施方法。如果没有前期的调研和梳理，没有乡建院多年积累的解决智慧，很难想象落到每个具体房屋建筑上怎么再深化设计。"

在宋家沟村，除了房屋权属复杂问题外，设计团队梳理了还需要正视的问题：①村庄人口老龄化严重，缺少相关配套设施；政府计划安置易地移民进入，需要有空闲用地和房屋进行安置；②需要对旧村进行清理空置房屋，明确住户的建设需求，重新对旧村用地空间进行整理；③村庄地方特色传统建筑风貌破坏严重，需要重新延续历史；④村庄特色风貌缺失，标识性不强，村民对村庄认同感低；⑤道路交通不成体系，街巷空间秩序感差；⑥缺少公共活动空间，基础设施建设缺失；⑦政府建设周期短，资金有限，建设内容复杂，如何快速打造群众都满意的村庄整治效果。

彭涛说，"充分认识这些问题，便于在规划设计中得到完整、全面的考虑，落地时一一解决，少出状况和纰漏。"

按照岢岚县政府提出的"政府主导、群众自愿、规划先行、彰显特色、妥善安置、合理补偿"的建设要求，结合岢岚县乡村建设"特色、安全、适用、美观、经济"总体目标，设计人员在对宋家沟村区域定位、发展定位以及建设定位充分了解后，初步确定规划方向：利用宋家沟村的区位交通优势，结合自身气候特点和建筑风貌格局，实现沟域旅游集散功能；发展目标为打造通往王家岔旅游区的旅游集散入口村庄，建立古朴宜人养老居家体验为特色的村落。近期是以完善自身公共服务设施和基础设施为基础，解决安置群众和常住居民的基本生活生产问题；远期要建设具有特色标识性的沟域旅游形象展示区，景区门户及旅游服务区。设计团队提出村庄的整体定位：以发展沟域旅游和候鸟式养老产业为主的旅游服务型养老示范村。

彭涛说，"之后我们提出了四大规划原则"。

第一，实施性原则。既能够在有限的资金和时间内切实解决村庄最需要解决的安置问题和风貌整治、村庄设施不足等问题，并能迅速落地实施。

第二，传承性原则。挖掘村庄最本质的文化和建筑元素进行风貌改造，留住村庄的记忆。

第三，系统性原则。除关注建筑风貌整治本身建设内容外，更系统性的从规划角度对建筑空间进行梳理，活化闲置建筑灰色空间，增加村庄缺失的功能。

第四，公众参与原则。好的村庄设计方案能够落地，离不开政府政策的引导，但更重要的是项目地老百姓的支持，设计过程中充分尊

重群众本身的改造意愿，发挥群众参与建设的主体性，减少在实际建设落地过程中的纠纷，以有利于快速推进项目，为以后村庄建成后公众自觉维护村庄环境奠定基础。

最后完成了设计方案，包括具体技术路线和规划特点。规划特点涵盖四个内容：①系统化建设的统一标准包括补偿标准、建房标准、建筑风貌、配套基础设施；②集中力量解决整治实际问题：完成硬性整治建设目标，精准计算实施费用，了解村民建设诉求，满足远期村庄发展需求；③深入挖掘宋文化和地方建筑特色：延续村庄建筑风格元素，深入挖掘宋文化，建立村庄特色品牌文化，体现村庄发展特点；④规划设计与乡村振兴同步推进：规划设计建设乡村，内置合作金融组织乡村，社区营造经营乡村，实现村民自主管理治理乡村。

方案划定六个实施步骤：完善公共服务设施；强化基础设施建设；落实村民生活需求；满足旅游集散功能；拓展候鸟式养老服务；营建村庄特色风貌。

这套看似简单的建设构想，实则蕴含乡建院乡村建设核心价值理念和团队长期的一线的实践经验，乡建院始终以农民、农村、农业为乡建的核心，把了解乡村、懂得乡村、挖掘乡村需要什么、掌握农民喜欢什么作为业务分内的事，以一个协作者的身份，想乡村所想，做乡村能做的事情。

没有以农民为主体参与的乡建都不是真正意义上的乡村建设，彭涛常说的这句话是长期在乡村建设中摸爬滚打总结出来的，它既是经验，也是乡村建设必须树立的理念，贯穿在全过程中。

长期以来，在城市化发展进程中，农民的主体意识越来越弱。乡村建设到底谁是主体？建什么？怎么建？谁来决定？有人总结道：目前乡村建设中最为常见的是本应由村组织和农民做的事情，却很少看到农民参与的身影，农民游离于建设自己家园之外。一方面，各级政府重视对公益事业补贴，但在宣传、引导、激励农民自觉参与这一惠民工程上做得很少；另一方面，农民对自身的主体地位认识不清，自我发展意识不强，反而出现了"等、靠、要"的现象，认为乡村建设就是上级给钱、干部做事。最为常见的是，组织意愿、领导决策硬塞给群众，农民群众想参与没渠道、想管理没资格、想表达没人听、想监督没办法。因此，常常出现"群众站在田边看，干部下地自己干"的现象，建设者抱怨"剃头挑子一头冷一头热""我给你建设，你还不领情"。而在乡村内部，开会不是念文件就是通报情况，群众只有听的份儿，没有参与和表达的机会。就是道路建设环境改善也不了解具体怎么搞，村干部大包大揽，出力不讨好。有些农村干部，怕农民唱了主角，村两委的大权旁落了，所以一到决策上，就主观臆断，凭想当然，不是准确体现农民群众的根本利益，造成农民群众对村办公益事业漠不关心，甚至出现群众唱对台戏及冷眼旁观不买账的尴尬。

乡建院始终坚持乡村建设的"原动力"是让农民群众唱"主角"，遵循农民群众的主体的地位，还权于民，还利于民，发挥好村民的主体作用。同时及时掌握群众的所思、所想、所盼，通过村民代表大会、一事一议等方式，广泛听取农民意见，凡涉及规划建设、项目实施等群众利益的事，都先征求群众意见，确保农民群众真正享有知情权、参与权、表达权和监督权，让农民主动参与到乡村建设中；通过提升农民素质和文明水平，进一步激发农民参与乡村建设的积极性、主动性和创造性，变"要我建"为"我要建"，变"等等看"为"主动干"，让乡村建设成为农民的自觉行动；建立起政府主导、农民主体、社会广泛参与的建设体系，让乡村建设吸收民间资本；充分尊重农民

的意愿，相信农民，依靠农民，探索管理机构由农民组建，管理制度由农民制定，管理经费由农民筹集的新型管理机制，让农民成为长效管理的主体，真正依靠广大农民自身力量投身乡村建设共创美好幸福新家园。

彭涛自2014年9月加入乡建院后，始终就没离开过乡村建设的一线，从商务洽谈到理念推介，从规划设计到施工工地，从带领团队到协调沟通，彭涛一边实践，一边成长。先后参与过内蒙古鄂尔多斯市准格尔旗尔圪壕村、武汉市小朱湾村、四川泸州市古蔺县双沙镇白马村、四川泸州市叙永县摩尼镇联盟村、河北省保定市易县狼牙山景区东西水村、习近平总书记2013年到访的河北省保定市阜平县龙泉关镇骆驼湾八里庄村的设计、建设。2016年作为项目经理组织实施了内蒙古鄂尔多斯达拉特旗树林召镇宝善堂村商务到建设落地，并突破80天完成建设的极限。长期乡村建设的一线经历，让他对乡村建设的规则、规律烂熟于胸，对乡村建设的正确理念逐步内化为建设的执行力和行动。了解彭涛的人都知道，他能独当一面，是乡建提供了他迅速成长的平台，在乡建中他完成了而立之年的跨越，完成了一个的"老"乡建人的积累。

彭涛从内蒙古达拉特旗赶往宋家沟，同时方案一经拿出也得到了岢岚县委县政府的首肯。说起来这个规划只花了一个晚上，彭涛回忆道，"我们和县里的主要的领导坐在一起，他们把宋家沟的现实情况和整治预期介绍清楚，我们把设计的大思路，即打造通往王家岔旅游区的旅游集散入口村庄，建立古朴宜人养老居家体验为特色的村落构想讲清楚，双方达成一致后，约定第二天现场调整一下，'没有问题就先干！'"。（图4-7）这句话也成为山西省委副书记骆惠宁常说的，在全省乡村振兴工作会议上，他说，"我们就是要边谋

图4-7　乡建院团队与岢岚县主要领导商谈宋家沟项目落地

划、边规划、边干事。"

宋家沟的建设方向已经明确，接下来就是如何落地，落到什么程度了。

首先是资金问题，这不是个伪问题。所有的投资建设项目都离不开资金，岢岚县委县政府讨论如何搬迁时，争论的焦点也是因为投入多少？钱从哪来？资金怎么使用？要不要考虑到长远？争论的结果影响着如何规划建设范围、建设标准、路径、方法。所谓花多少钱办多少事。

美国著名管理学家戴维·奥利说过，全面预算管理是为数不多的几个能把组织的所有关键问题融合于一个体系之中的管理控制方法之一，这说的同样是凡事预则立，不预则废的道理。岢岚县"创卫"的时候，高起点规划，把落实城市建设总体规划与推进"创卫"工作结合起来，推动整体工作持续、健康、良性发展；高效率推进，进一步加大工作力度，提高工作效能，确保"创卫"工作取得实实在在的效果；

高标准建设，吸取各县的先进经验和做法，高标准、高质量推进，使
"创卫"工作走在忻州市前列；高水平管理，完善工作机制，在保持
城市良好环境的常态化、长效化上下功夫，全面提升管理和服务水平；
因此拿出5.7亿的资金进行一城四村的整治，仅仅用了一百二十多天，
山城灿然绽放，美丽蝶变。拉大了框架，完善了设施，强化了功能，
提升了特色。"创卫"的经验，就是规划先行，资金充足到位。当然最
后结算实际投资3.8亿元，比预算少用了1.9亿元。

　　一般对资金问题的理解，我们首先会认为这是财务专业的事情，
然后会认为是烦琐而闹心的讨价还价过程，是市场简单的计划数字
化。在岢岚决策层看来，全县整治资金的落实不是简单的收支预计，
它更多的是一种资源分配，对计划达到预期全面的资金规划；是一种
预测，对可能存在的问题、环境变化的趋势，预先采取措施，控制
偏差，保证减少浪费；是一种控制手段，以资金多少确定的执行的标
准，是一种协调，在总目标的原则下，协商沟通、相互配合，协商一
致，有利于达成执行效果。建设设计团队把资金的落实看成是建设项
目的范围、内容、进度和标准，以及建设速度的具体安排，是如何把
握设计宋家沟整治计划，设计每个改造项目，以及如何体现岢岚全覆
盖的思路。有了各项资金的落实，执行团队才能明确工作方向，制定
实现目标，安排工作进度。资金就是纲、目标是网，这就是纲举目
张，执本末从的道理。此前，在讨论移民怎么搬，村庄怎么建，用什
么的执行团队完成宋家沟试点时，就是受制于投资问题成为棘手的焦
点。是用一般的执行团队，还是用具备专业水准、乡村建设经验丰富
的团队？关键是取决于顶层设计对特色风貌建设的预期。是刷墙描红
换门窗，还是以村貌整治带动特色产业升级改造、乡村文化复兴带动
村民素质提升？取决于决策层建设乡村的定位。所幸的是，岢岚县决

策层对不同标准的乡村建设考察过、了解过，对未来乡村以及未来发展有认识，有打算。

要么不干、要干就要干成最好的，这是岢岚县的做事的风格。资金落实的确困难重重，但不是没有办法。岢岚人爱说的一句话，没有比脚更远的路，没有比人更高的山。办法总比困难多，岢岚人多少次践行了这句话，此次也不例外。

2016年5月国务院扶贫办公室召开了"贫困县开展统筹整合使用财政涉农资金试点电视电话会议"，会议提出国家支持贫困县以脱贫攻坚规划为引领，以重点扶贫项目为平台，将财政涉农资金捆绑集中使用，提高扶贫精准度和有效性，为打赢脱贫攻坚战提供有力保障。会议特别强调，试点贫困县要科学编制脱贫攻坚规划，确定重点扶贫项目和建设任务，完善资金整合使用具体方案和决策程序，创新资金使用机制，履行好资金管理监督首要责任，全面提高脱贫成效。

依照这个精神，王志东说，岢岚易地搬迁扶贫的建设资金，首先是用足政策，整合人居环境、地质灾害、危房改造、乡村治理的等政策资金，然后财政解决一点，利用市场再解决一些（图4-8）。

《岢岚县县域乡村建设规划（2016—2030）》中明确了ABC类村庄整治执行13项内容（表4-1），梳理后，宋家沟整个建设项目包括扶贫移民安置建设、特色风貌整治、公共基础设施建设、垃圾、污水、畜禽粪便治理，新建厕所浴室、绿化、亮化、河道整治、饮水安全等。其中风貌整治以新旧村分两块计算：旧村风貌改造主要考虑外来人口安置的居住条件，采用收储村内闲置废弃的房屋81户5845平方米，宅基地17020平方米，作为移民户安置的建设用地和安置住房，计划安置172户313人，执行人口和人均建筑面积20平方米的标准；对无力出资且不愿贷款的无改造价值住危房的村民，以及易地扶贫搬迁来的孤寡

统筹资金

建设内容
扶贫移民安置房建设，特色风貌整治，公共、基础设施建设，垃圾、污水、畜禽粪便治理，新建公厕、浴室，绿化、亮化，河道整治，饮水安全

资金筹措　5200万

统筹易地搬迁资金

配套基础设施	配套公共设施	易地搬迁建房补助

资金 976 万元

统筹政策资金

增减挂钩	宅基地复垦	农村危房改造	地质灾害治理	垃圾分类	以奖代补	一事一议美丽乡村

资金 324 万元	资金 16.8 万元	资金 36 万元	资金 80 万元	资金 200 万元

政府融资资金

改善农村人居环境

政府筹资（贷款）3094.4万元

风貌整治自筹资金

村民自筹	单位自筹

资金 324 万元	资金 148.8 万元

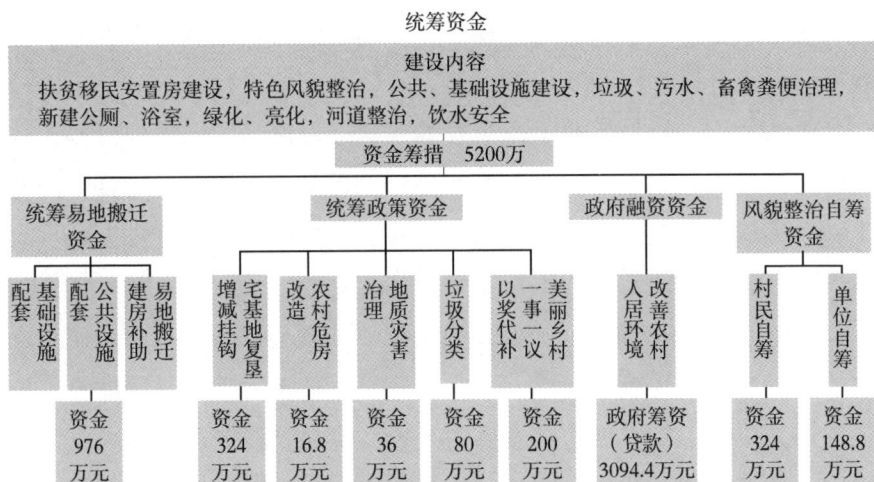

图4-8　岢岚宋家沟村落地项目统筹资金的筹措方式

岢岚县村庄整治标准表　　　　　　　　表4-1

序号	建设类别	建设项目	A类标准	B类标准	C类标准
1	农民安居	农房建设改造	住人院落危房改造（抗震加固）+无人居住残破拆除+农房美化	住人院落危房改造（抗震加固）+农房美化	住人院落危房改造+住人院落美化（只做指引）
2	公共设施	公共服务设施建设	农贸市场+广场+文化活动中心+卫生所+便民服务点+公共浴室	文化活动中心+卫生所+便民服务点+公共浴室	文化活动中心+卫生所+便民服务点+公共浴室
3	环境整治	垃圾治理	垃圾箱+收集车+垃圾中转站	垃圾箱+收集车+密闭转运点	垃圾箱+收集车+转运点
4		污水治理	小型污水处理设施+管网覆盖100%建成区+工业废水达标	小型污水处理设施+覆盖70%农户（特殊情况除外）+工业废水达标	无

续表

序号	建设类别	建设项目	A类标准	B类标准	C类标准
5	环境整治	畜禽粪便治理	人畜分离+无散放牲畜、家禽+粪便无害化处理	人畜分离+无散放牲畜、家禽	人畜分离
6		厕所	1座/300人卫生公共厕所+建成区无旱厕	1座/500人卫生公厕+卫生厕所普及率100%以上	常住户旱改厕100%
7		村容村貌治理	无"三乱"+集中屠宰场+"四无三净"	无"三乱"+"四无三净"	"四无三净"
8		乡村美化	出入口标志+主要街路两侧立面整治+创建卫生户	出入口标志+主要道路两侧立面整治+创建卫生户	出入口标志+主要道路两侧立面整治
9		村庄绿化	河道绿化+休闲广场绿化建设,绿地率达到30%	300平方米以上的休闲绿地	与村庄公共服务设施结合整治
10		河道整治	建设村边防洪堤坝+河道整治	建设防洪堤坝+河道综合治理	沟渠生态治理
11	设施完善提质工程	饮水改造	集中式饮用水水源地水质达标率100%+饮水安全覆盖率100%+自来水入户覆盖100%	集中式饮用水水源地水质达标率100%+饮水安全覆盖率100%+自来水入户覆盖90%	饮用水水质符合二级水的标准规定,供水采用集中供水、取水点、自用水井结合
12		道路工程	路网体系完善+主要道路沥青路面+次要道路100%硬化+主要道路绿化+主要道路电力照明,次干道太阳能照明全覆盖	路网体系完善+主要道路沥青路面+次要道路100%硬化+主要道路绿化+太阳能照明全覆盖	路网体系完善,道路路面平整完好+太阳能照明集中片区全覆盖
13		电力通信	动力电+广播电视+电话+网络+邮政	动力电+广播电视+电话+网络+邮政	动力电+广播电视+网络

老人，政府提供每人免费1间20平方米左右的安全住房，终生居住。另外，对全村40户7150平方米的旧房屋进行改造提升。在风貌上保留原有村庄的格局，以"原址原貌原大小"为基本思路，利用原拆除的旧材料，采用当地村庄的传统建筑元素、建造手法和结构，对旧村进行恢复性建设。

新村以风貌改造为主，对全村166户22053平方米的新式安全住房及庭院进行风貌整治，借鉴旧村的建筑元素，进行一定程度的风貌统一，同时利用新村道路沿线的景观设计，满足新村居民的日常活动空间和基本的生产生活需求。

移民安置用地分6个区域，总用地25.5亩，建筑面积5300平方米，全村206户原村民、15处公共建筑，共29200平方米的旧房参与提升改造，符合国家危房改造政策的原村民享受每平方米住房140元的补助。

整个项目工程需要投资几千万元，整个投资根据不同的项目，对基础设施建设、公共服务建设费用，农户改造支持资金（危房改造资金、财政奖补资金和农户自筹资金）和特色风貌美丽乡村建设其他支持资金进行核算，有9项政策资金、2项社会资金渠道，核算下来总投资大概有3068.2万元，其中政府出资1239.3万元，村民出资647.6万元，企业与条管单位出资148.8万元，扶贫资金出资1032.5万元（图4-9）。

宋家沟全村户籍数244户，人口583人，其中旧村常住户人数127人。新村住宅不涉及拆迁问题，需要完成的是以立面和院落改造为主。旧村老宅较多，涉及多方利益群体。整治原则是按村民意愿，无论是拆除后新建安置房的、还是改建后为安置房的，是改建后自己住的、还是拆除后新建自己住的，都确保村民搬迁不举债，以搬迁1户3口人60m²住房为例，第一部分易地搬迁资金来源分三部分：建房补贴人均2.5万元；配套基础设施人均补助0.75万元；配套公共服务设施人

宋家沟村建筑特色风貌整治

规划设计篇

理念：把农村建设的更像农村

忻州市农村建筑特色风貌整治技术导则 —— 把向定规则

忻州市农村建筑特色风貌整治图集汇编 —— 把关定标准

岢岚县农村建筑特色风貌一村一册（规划） —— 把位定特色

岢岚县农村建筑特色风貌一户一档（设计） —— 把点定施工

原则：立足农资、着眼小康、特色风貌、有效落地

生态 | 建筑 | 功能 | 选材 | 文化 | 场地

增加绿量 / 保留大树 | 土地修复 / 河道整治 | 传统特色 / 不搞拆排 | 原址重建 / 空间尺度 / 现代生活 | 本土材料 | 历史房屋 / 传统建筑 / 旧房翻修 | 壮者硒伴 / 人户沟通 | 劳站指挥 / 全程参与

资金筹措篇

建设内容：特色风貌整治、公共基础设施建设、垃圾、污水、畜禽粪便治理、新建厕所、浴室绿化、亮化、河道整治、饮水安全

资金筹措 3068万

可用政策资金 | 企业资金 | 自筹资金

易地扶贫搬迁 | 宅基地增减挂钩 | 农村危房改造 | 地质灾害治理 | 垃圾污水处理 | 美丽乡村建设 | 金融扶持 | 青年农村人居环境 | 政府奖励（贷款） | 资金 | 资金 | 村民自筹 | 单位自筹

资金1032万元 | 资金75万元 | 资金16.8万元 | 资金56万元 | 资金80万元 | 资金200万元 | 资金60万元 | 资金120万元 | 政府奖励（贷款）1515.4万元 | 资金3247万元 | 资金148.8万元

移民安置房资金测算

资金来源：易地搬迁资金 / 青阳政策资金

异地搬迁人均2.5万 / 公共设施户均1.77万 / 基础设施户均2.1万 补助1405元/m²

人均3.88万 / 人均0.2万

建设费用：

3口之家资金合计补12.28万

建筑：1250元/m²，60㎡，7.5万
装修：300元/m²，60㎡，1.8万
家具：2000元/人，3人，0.6万
旧院整修：150元/m²，60㎡，0.8万
院落：800元/m²，10㎡，0.8万

3口之家建设资金11.6万

普通民房特色风貌整治资金测算

建设费用 | | | | | | | 资金来源

材料材质	单价(元/m²)	工程量	小计	每份每(元/)	工程量	小计
传统瓦				300	14	2800
传统石瓦	100	10	1000	砌墙	1	1300
坚硬混土	600			混凝土地面		
家具装修	600		4200		4	4200
红瓦系	56	6000		防水与隔	50	3300
红瓦系	56	16	1920	清水与墙	50	50
其他	150			内墙涂		
合计						25900

自筹资金 自筹1.4万部分 / 自筹惠政策资金

居民出资5950元 政府补助除5950元 合计19950 / 补助1.4万元/100㎡

图4-9　宋家沟综合整治规划和资金落实表

均补助0.63万元。三项资金相加人均补3.88万元，3口之家资金合计补11.64万元。第二部分建设费用分四部分：建筑按1200元/平方米，60平方米共7.2万元；装修300元/平方米，60平方米是1.8万元；家具2000元/人，3口人0.6万元；院子、围墙、大门、杂物间300元/平方米，60平方米1.8万元。政府花12万元左右，便能安置一户3口之家住上60平方米的搬迁安置新房，3口之家补助共11.64万元，个人基本不花钱（图4-10）。

《关于加快推进宋家沟村特色风貌美丽乡村建设的实施方案》的目标任务是"在2017年5月10日前全面完成宋家沟村的特色风貌美丽乡村建设的全部任务"。方案时间表明确2017年3月20日前完成全部拆迁。高常青说，方案确定前的2017年2月20日左右，我们首先对宋家沟要拆除的81处破损、久无人居、占道碍事房屋、院落进行了调研，该拆哪、怎么拆心中有数。拆迁在哪儿都是敏感、艰难的工作，没有提前的调查研究，很难顺利开展。为了赶进度，在项目分工上，明确了

搬迁不举债（以1户3口人60㎡为例）				
资金来源			建设费用	
易地搬迁资金	易地搬迁建房补助人均2.5万元	人均3.88万元 / 3口之家资金合计11.64万元	建筑：1200元/m²，60m²，7.2万元	3口之家建设资金合计11.4万元
	配套基础设施人均补助0.75万元		装修：300元/m²，60m²，1.8万元	
			家具：2000元/人，3人，0.6万元	
	配套公共服务设施人均补助0.63万元		院子、围墙、大门、杂物间：300元/m²，60m²，1.8万元	

图4-10　搬迁不举债（以1户3口人60m²为例）

权限和职责，政府管拆除，设计建设单位负责规划施工。岢岚的年平均气温仅有6℃，加上雨季，全年动土施工期也就三四个月左右，如果因为拆迁耽误时间太长，很难按期限完成试点工作。然而对于祖祖辈辈生活在故土的村民来说，破家值万贯，再破的房子也是他们的家，难以割舍，这部分工作，我们依靠当地乡镇干部，同时在制定搬迁政策上宗旨以不让农民吃亏为原则。对村民搬迁补偿就高不就低，住房按市场价格补偿外，但绝对控制在资金允许范围内，不能抬高价格，如果每平方米超出100元，整个村子就得超出100万，115个村子，可是个不小的数字。

村民看到了拆迁的实惠，都积极配合拆迁。宋家沟村的拆迁进展很快，仅仅用了七天（图4-11、图4-12）。常常在一线工作的团队，对拆迁再熟悉不过，知道这项工作的难处和苦衷，在乡村更是如此。宋家沟的拆迁进展，反映出岢岚县政府的工作力度，充分体现宋家沟对美丽乡村急切向往，表现了岢岚县乡村建设的决心和信心，这足以激励、感染乡建院的设计团队。

设计团队按照"先做减法，再做加法"的搬迁模式，优先梳理可用的使用空间，再进行安置。先做减法，就是先把能空出来的地方、

图4-11　宋家沟拆除前，红色为可拆的房屋

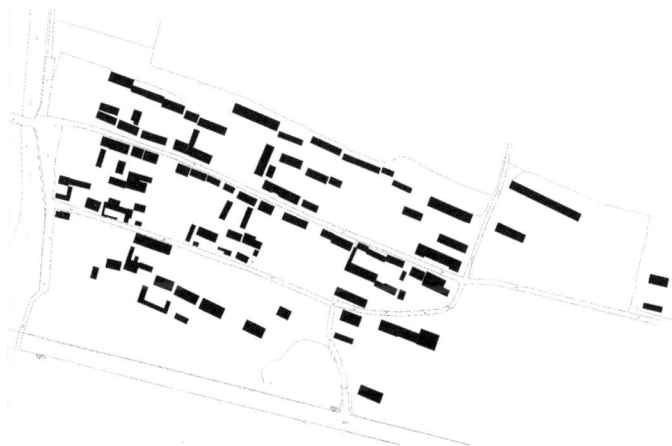

图4-12　拆除后可用的地方

能空出来的房子清理好，梳理出公共空间，将公共空间和老百姓的院落空间分开，优先施工公共空间和节点，可以快速推进建设，让村民看到效果，有利于推动私人空间的建设；然后再入户改造私人空间，因为牵扯到村民私密空间，随时会产生意想不到的问题，解决起来需

要花时间，容易出现拖延；同时经过公共空间建设，县政府对村民安全住房的政策会逐步清晰合理，避免大规模的拆除重建，造成浪费。最后解决民房和公建的风貌统一，实现特色风貌的目标。

2017年3月1日，施工队开始了解宋家沟规划方案。后来彭涛说，在和施工队对接上，我们采取现场指导，把设计思路装进施工队的脑子里，避免天天在现场和施工队一起具体施工的繁琐和拖延。现场测绘、现场汇报、现场指导的做法始终贯穿在宋家沟项目的全过程中。

2017年3月3日，市政工程队和施工队对接具体建设细节，工程队开始移树木，挖槽，以便按照雨水、污水、自来水管道。

彭涛回忆起这段说，那段时间岢岚下了场雪，宋家沟很冷，没办法开工，就先做移树挖槽的工作，真正动土是3月12日。彭涛说，当时给我们的时间不多，一场雪，会耽误很多工期。整个团队没敢躲"雪"，利用不能开工的空档，彭涛带队初步考察了宋家沟附近的3个乡11个村。这11个村都是按照《岢岚县县域乡村综合整治工程建设项目可行性研究报告》和《岢岚县域乡村建设规划（2016—2030）》要求按照A、B、C三类标准分类整治的村庄。规划说，以岢岚县城为中心，往北、南、东三个方向的村庄都要以中心村标准进行改造，进入县城主要公路两侧的13个村庄按特色风貌整治（图4-13）。为了确保这些项目与宋家沟同时落地，设计团队穿插推进考察、设计、规划的进展。考察内容主要针对涉及农民安居、设施提升、环境整治和公共设施四项建设工程，了解村庄真正所需，从标准中分解项目，用项目匹配村庄需求，真正将有限资金花在最为需求的地方。

与此同时，彭涛开始考虑如何将系统乡建理念输入宋家沟村综合整治中。设计团队入户调查中，村民对如何挣钱、如何让自己的日子富起来询问的特别多，村干部也常常问到村庄产业发展问题，小门小

图4-13 岢岚县域乡村分布图

户的村民为能力所及的养羊、种蔬菜大棚、跑运输资金而发愁，村干部为寻找适合本村实际情况的发展机会而发愁。

贷款难、贷款贵、贷款繁，可以说是农村经济发展普遍存在的"老大难"问题。2014年的一项调查显示，农民虽然对贷款需求强烈，但正常信贷获批率只有27.6%，远低于40.5%的全国平均水平。现实中，一些金融机构"货币池子"水源充沛，但并不愿流向农民群体。因为农民质押物少、农业风险大、金融机构放贷成本高、农民征信记录少等等，都让市场金融有所顾虑。在这种背景下，2015年国务院印发《推进普惠金融发展规划（2016—2020年）》，从顶层设计到具体落实，都

在强化农村信贷导向，有针对性地增加农村家庭贷款供给，打破农民贷款难的篱笆，让农村市场主体分享金融服务的雨露甘霖。

此时，李昌平于2009年创建的内置金融社机制在郝堂实验已经取得了骄人的成效。

2004年，李昌平以湖北省监利县王垸村养老资金互助社为起点，把内置金融最初的实验延伸到郝堂村，2009年，李昌平带着自己的15万元在河南信阳成立了"乡村建设协作者中心"，他又从中心拿出5万元，动员当地政府出资10万元来到郝堂，吸引了郝堂村乡贤和村集体筹资16万元，发动村里的数位老人各拿出2000元创建了郝堂夕阳红养老资金互助社；然后农民可以自家的承包地在互助社抵押贷款，最高贷款规模一年达到过650万元，年收入超过80万元。每年拿出收入的40%作为红利按比例分红，还给村里的老人发养老金。内置金融在郝堂的成功，促成了乡建院的成立，李昌平从这里出发，坚定地走上了乡村建设职业化道路，开始了乡建院以内置金融为切入点的远行，并逐步形成了一套从调研、发动、创建，到安全运转、后期跟踪，以及不断升级换代的综合服务系统。至今已在湖北、河南、广东、河北、内蒙古、北京、四川、湖南、贵州、山西、山东等地与地方政府合作建立了上百个以内置金融为核心的综合服务社（合作社），并由此进一步深入探索系统乡建的示范和推广，同时为全国乡村及合作社提供咨询和培训服务。

近十年来，内置金融村社在乡建院足迹所到之乡处处开花结果，充分验证了内置金融是我国当下服务小农、富强小农、扶贫扶弱、治理乡村的最有力、最有效的小农组织形式。只要政府对每个行政村投入十万、数十万不等的内置金融村社发展的种子资金，就可以引导千千万万的小农重新进入党领导下的村社组织体系，就可以引导千千万万的小农走上共同富裕之路（图4-14）。

　　彭涛进入乡建院后，对内置金融社机制在乡村的效力、效果和效益深信不疑，其理念也已根深蒂固。所以面对宋家沟村民干部心中的难题，适时拿出了这把解决乡村发展的钥匙。这个适时的把握，也体现了彭涛团队在宋家沟村项目上边设计边规划边实施的方法。

　　应该说，内置金融是系统乡建的灵魂，是乡建院的硬核内容。它是指在土地农民集体所有和农户承包经营制度下，配套建立村级合作金融，合作金融是农民村社组织的内部金融，是农民主导的农村金融，利息归农。它同样可以实现农民土地等产权金融资产化，也有助农民有偿退出村社市民化。

　　乡建院每到一处，首先结合不同村民、村民组织、政府的需求进行调查评估，设计以需求为导向的村社内置金融功能，满足各类不同主体的需求和潜在需求，目的是争取村社成员最广泛的参与。

　　李昌平在朱镕基担任国家总理时，在《向总理说实话》中提出了

图4-14　内置金融团队在宋家沟调研

三农问题，在温家宝担任国务院总理时又写过《再向总理说实话》，此次提出了"把农民组织起来"的倡议，第一次说实话到再说实话，李昌平完成了乡村建设的提出问题及找到解决办法。建立内置金融机制争取农民参与，就是要实现把农民组织起来。

为什么要把农民组织起来？

学界分析说，因为农民已经被解散30多年了，全国农民为了致富，荒废了自家的田，自顾自地纷纷涌向改革开放的前沿广东，涌向浦东，涌向北京，席卷全国各城市，农民帮工从商，座座新城，栋栋高楼，条条高速，矿山井下，娱乐场所，街边地摊，商铺饭店，宾馆旅店，车站码头，家政保安，南北东西均可见到农村青年男女挥汗如雨，辛勤劳作。可是30多年过去，究竟有多少农民富起来了？农村农业解散了，乡村集体意识没了，精气神少了，人心散了；农民不种地，土地撂荒，粮食靠进口了。同时面对市场的汪洋大海，千千万万的小农单打独斗很快就淹没其中，常年异乡打工，慢慢与家乡脱节，造成大量留守儿童和老人不说，还造成回不去家乡的心里落差。增产减收、勤劳致贫在当下农民群体中时常发生的，农民不适应目前市场经济的，在农产品供大于求的背景下，以农业收入为生的小农，无法追求农产品价格增长收益而只能被迫追求农产品数量增长收益，高度分散的数亿农民从事农业生产所产生的利润必然是越来越减少，所以会出现越生产越贫困的悖论。而市场化的供给，升学、养老、日常开销逼迫农民不得不离乡务工。因此重建有市场功能的农民组织、提升小农组织化程度、并赋予农民组织强大的服务小农、参与市场竞争的功能和能力迫在眉睫，与此同时，急迫需要发挥土地集体所有制和统分结合双层经营体制的制度优势，追求我国小农更高水平的共同富裕、并消除小农返贫现象。如何再组织化？理论上，一方面依靠市场化的农民组织带领农民成为强势市场主体，最大限度地追求共同富裕；另一方面依靠农民组织的内生力量实施自主性的有效、低成本的精准扶持和互助，确保不落下一个农民。

然而今天的农村，特别是经过分田单干和村社集体经济改制之后，村社组织只是一副空架子，既不能为小农服务维权，也不能把农民号召到组织内形成合力，农民和村社组织已经没有了紧密的利益连接，农民力量更加分散，村社组织更加孤立。

李昌平认为，目前三农问题根源就是农民及其共同体没有了主体性，重建农民及其共同体的主体性，是不能逾越的第一步，让共同体有效地服务每一个农民，同时每个农民进入共同体内形成组织，共同有效治理农村。

如何组织农民重建共同体的主体性？李昌平提出，在现有的空架子村社组织中植入内置小农合作金融，让他们每一个人力所能及投入很少的钱，形成你中有我、我中有你的团体，用这些钱服务每一个人，同时获得的收益每个人均沾。这样很容易地将分散的小农再次组织起来，拉进村社集体中，形成高度组织化、有金融支撑、有强大服务功能的小农村社共同体。

李昌平说，村庄是由熟人构成的社会，在村庄边界内，村民是讲信用的。因此在其内部建立合作互助的金融平台，村民把不能流动的土地承包权、财产权、集体成员权、资金、资源、资产等在内部实现金融化，从而使村民信用资本倍增；在此基础上，生产合作、消费合作和治理合作的有效性也会倍增。同时，现代市场与城市资源看到有"造血厂""蓄电池"功能的内置金融组织担保，愿意与农村资源对接，使传统小农因此变成有组织的适应大市场的现代小农。

2017年3月7日，乡建院内置金融工作室总监胡晓芹带领内置金融

团队进驻岢岚调研，针对岢岚县脱贫需求，完成了《岢岚县内置金融扶贫互助村社体系建设宣传手册》。宋家沟以及岢岚县要实现2020年脱贫摘帽，需要建立内置金融村社联合社体系，建立农民自主运行的组织机制，这不仅可以帮助农民脱贫、致富，还可以帮助农民解决基础的生活生产问题。乡建院内置金融团队来到宋家沟做全面调研，主动了解当地的具体情况和需求，在边干边设计边规划中，适时推出具有建设性意见的内置金融社具体方案。

2017年3月13日，宋家沟移民搬迁安置房大面积开工。设计团队采用的是一站式村庄建设改造方式，此方式有别于常规的规划建筑项目，其改造目标既需要考虑远期村庄发展，也注重呈现近期乡村建成效果，是乡建院系统乡建的具体实践，以"经营乡村"的理念贯穿乡建的规划、设计、实施全过程，建设有活力、有效率、共富裕的幸福新乡村。

设计团队首先是整体村庄品牌策划。在深入村庄调研的过程中发现村庄实际需要解决的问题，挖掘村庄潜在的品牌优势和产业特点，多次走村调研和当地村民交流是最直接的方法，村庄历史资料不如城市的翔实和具体，很多村庄在相关文献资料中并无记录，需要询问当地老人和能人。掌握这些才能完成品牌策划，奠定设计基础和方向，同时明确了设计重点和产业业态。最重要的通过策划可以将一站式村庄建设改造项目的具体改造内容和费用进一步明确。

其次是规划思维拓展。对现状数据分析基础上结合村庄未来定位要求，着重明确基础设施容量、基础设施规划改造和围绕策划功能业态的道路系统优化、用地方向引导等；侧重是近期村庄建设落地的项目，应以解决村庄当前的问题和发展为主，以尊重现状为准。

最后才是深化设计方案。显然功夫不在当下，设计团队把工夫花在了问题上，寻求问题、解释问题、解决问题。在很多事物上人们会犯错误，往往源自漠视了事情重要而基本的规律，而这些规律恰恰在事物发生裂变前，或者临界点上就已经存在，而被我们忽略不计，或者不愿意发现它们的存在。放在乡村建设上看，设计并不是重点，设计的方法和技术不应该首先被关注，首要的是先打通那些于建设中的阻塞点，让乡村建设的没有堵点，氛围畅通。一站式乡村建设方式就是以此为原则，不过多纠结于乡村建设设计本身，把最初的时间和精力放在看似与乡村建设本身无关的琐碎事务上，在别人眼里捡芝麻的工作，当成捡西瓜的大事先做起来。事实证明，乡村建设最有价值的工作就在这些琐碎、繁复、利益关系错纵交替中打通了建设的通道。

开工以后，设计团队发现所有与宋家沟村建设的政府相关文件中，除了分工明细外，并没有明确第三方的责任和权利，彭涛敏锐地意识到这对于项目落地将是一大隐患，有可能在日后实际工作中对具体设计意见不统一造成分歧和扯皮，严重影响落地和实施进度。因此彭涛提出，一定要让设计方和协作方作进入政府工作组，形成政府、设计团队和施工方三方一体的机制，共同全面推进施工进度。在此基础上树立原则，明确政府干什么、设计团队干什么、施工方怎么干、乡镇和村民如何配合。避免设计团队每天在现场解释、拉锯和具体指挥，消耗设计团队的能量，造成建设中的混乱。

明确设计团队的角色责任和权限，便于现场指导，并可以根据现场状况，随时调整设计思想，达到乡镇干部和老百姓统一；也便于边规划边调整边干。后来，在忻州市召开农村建筑特色风貌整治技术导则论证会时，采纳了三方一体的意见，特邀设计团队参会，听取建议，以使技术导则的实操性更切合实际（图4-15）。

破土动工后，市政刚敷设了污水管、雨水管和自来水管，忻州市

图4-15　围绕安全住房改造的设计核心，设计人员-政府-施工方三方每家每户明确改造内容

委书记李俊明已经按捺不住，一个人开着车到了施工现场。特色风貌建设在全市、甚至全省都没有先例，怎么整治，整治到什么程度，谁心里都没有底。

　　2017年3月29日，岢岚冻土已经化开，所有项目开始并驾齐驱，李俊明第二次来到宋家沟的建设工地，相比第一次来，已经有600多名施工人员热火朝天地建设，场面震撼着市委书记。同时让住建系统出身的李书记兴奋的是，红石基、青砖柱、黄泥墙、灰瓦顶等晋西北农村传统建筑元素已经呈现出了基本风貌雏形，实地详细查看民宅山墙立面、道路铺装、旧宅改造、过村河道治理等工程进展情况，询问村民感受，看了设计团队的工作记录，听取了乡建院汇报，书记笃定这就是宋家沟村、岢岚县、忻州市要的乡村风貌（图4-16）。

图4-16 宋家沟村施工现场

据此，李俊明决定，马上在宋家沟村召开全市特色风貌整治现场会。

这让高常青突然感到了一种从未有过的压力，他隐约认识到，今天宋家沟的特色风貌综合整治，不仅仅将改善宋家沟村的乡村面貌，而且将会对忻州市、山西省乃至全国的乡村建设产生深远的影响。想到这，早已吃住都在宋家沟现场、经常连续作战到深夜的高常青，更是夜不能寐，肩头的分量，心中的责任时时刻刻在激打着他。

高常青又是四天四夜基本没有合眼，彭涛和他一起，白天在工地处理工程各种问题、协调各方面的关系、安排各项事务；晚上整理总结宋家沟项目各种材料，前期规划设计、落地理念、施工方法、工程进度，准备现场会展板以及文字说明、图纸。王志东一天来检查一

次，县里四大班子主要负责人连来三天。高常青后来说，"我喜欢干这样挑战极限的事情，为了岢岚更是无怨无悔。"

李俊明书记走后，宋家沟极限化地加快了工程进度。宋家沟所有的大大小小工程分了15个分片区，同时上来了15个工队，一个工队有100多人，整个小村庄被建设所覆盖。岢岚县委派两名副县级干部亲自挂帅，乡镇干部按片区包干负责，监督进度。这时小小的宋家沟，已经成为名副其实的大工地，1500人同时作业，宏大的施工场面是当地人想都想不出来的。此时，包括宋家沟沿线的13个村庄整治建设工程也在同时进行，15个工队游弋其中推进全面进展，也集约化地安排了工期和工程费用。县委县政府对工程三天一督查、一周一观摩，这就是所谓的"三七"工作法，一年后，被天天到现场的工作法替代。

在解决如何推进工程进度问题上，设计团队抓住施工队追求工程款及时到账的心理，设计出一套方案。按五天一个节点制定任务设计进度表，五天完成分配任务的前三名施工小队按2万到1万元不等现金奖励，后三名按2万到1万元不等罚金处罚，都是当场兑现，极大地激励了各个施工队，施工速度迅速提升了。而这部分奖励和处罚最后在相对应的公司里结算，一加一减并没有超出预算。

彭涛说，宋家沟村及周边12个村庄项目能顺利建设完成，如果说乡建院的设计团队的贡献值为三分之一的话，那么施工团队的贡献值可以占二分之一，从2017年2月14日乡建院进入岢岚县考察，到6月21日习近平总书记视察的第77天，施工人员没有一天不坚守在工地上。

施工队同时对项目最终的呈现起到了不可替代作用也不可小觑。设计团队出具的施工指导图都是原则性的，有的砖花样式并不细致，施工艺人会按以往的经验和老练的手艺帮助完善，砌出来的效果比设计团队预想的要更精致。乡建院设计师们十分钦佩在地建筑手工工匠的娴熟技能，宋家沟村很多面墙的砖砌花纹都是当地建筑施工艺人现场拼接建成，让设计团队深刻体会到一个有经验的、注意细节的施工队对一个项目能否完美呈现有着至关重要的作用（图4-17、图4-18）。

4月6日，乡建院院长李昌平，乡建院顾问、中央党校教授徐祥临，院总规划师房木生等一行如约来到岢岚，和县里领导一起到宋家沟现场调研，并和王志东书记、高常青副主席等就乡村建设与治理等问题进行了座谈。李昌平全面介绍了乡建院相关理念和在各地的实践，王书记详细解读了岢岚县农村建筑特色风貌整治与脱贫攻坚紧密结合，打造岢岚美丽乡村的战略意图及建设步骤。双方商定以宋家沟为突破口，解决全县域范围内农村发展难题，加快岢岚农村综合改造和脱贫攻坚步伐。

针对基层干部传播乡村建设理论也同时进行，岢岚县组织基层乡镇干部，听取乡建院院长李昌平、中央党校经济学院教授徐祥讲

图4-17 当地建筑匠人拼砌的公共浴室上在地花纹

图4-18 叠砌的砖

述系统乡建理念，为岢岚县系统乡村建设的全面铺开奠定思想基础（图4-19）。

内置金融既不破坏当下乡村的架构，也不增添乡村新的利益关系，是在正常状态下，实现资金互助及存储借贷，帮助农户解决资金保值难和发展贷款难，内置金融让村民仅以成员权、承包权、财产权等就能实现抵押贷款，这是外部金融无法做到的。内置金融里农民的集体成员权、农户承包权及家庭财产权具有抵押贷款的效力，大大提升了农民主体性，实现自主权。在内置金融村社里，村社成员的资金、份额土地权、承包地、闲置宅基地和房屋等都可以股权化，集约经营，按股分享收益；村社成员可以将其承包地、宅基地、房屋、农产品等作为存款存入村社内置金融合作社，实行统一经营，分享长期存款收益。也可将承包地、宅基地、房屋、农产品信托给村社内置金融合作社统一经营，分享信托产品收益；支撑村社成员的土地、房屋

图4-19 岢岚县乡村建设于治理培训

等流转交易功能，村社成员如果离开村社（城市化），可以随时通过内置金融完成流转变现交易；村社内置金融合作社由于内部信息对称，可以为成员提供农业合作保险业务；村社内部成员在内置金融体系内都可以设立账户，统一销售和统一采购后，通过内置金融结算到个人账户，账户内余额可通过购买理财产品实现增值。同时还有增加了农民组织化程度，巩固了集体经济，扶持了养老合作，促进了社区和谐等间接的作用。

在乡建院的乡村建设体系中，对内置金融合作社的设计，是通过理事会、监事会的选举，通过合作社章程的制定，通过集体决定贷款、分红等事宜，实现村民民主决议和自我管理，体现村民的主体地位。合作社的权利和决策由村民集体决定；同时合作社又是村民决策的执行者，委托和代理合二为一存在于合作社中。合作社是村民利益表达与协商的渠道，其运行可以充分培育村民主体意识、激发主体能力功能，解决了长期以来村民陷入集体沉默的窘境。

岢岚县政府认同合作社的设想，就是看到合作社可以把农民组织起来，可以解决了农民发展资金不足问题，实现发展的自主性；同时提高村党支部和村委会服务农民和治理村庄的威信和能力。以村社内置金融为切入点，还可以通过"土地流转起来、资产经营起来、农民组织起来"，促进"资源变资产、资金变股金、农民变股东"的目标；通过对村庄有限资源的整合，使村民行动起来，共同打造宋家沟村的品牌，形成统产统销的集体经济产业链模式。

2017年4月10日，内置金融社试点基本确定。胡晓芹根据岢岚县的调研情况，做了内置金融的培训，首先从理念上让乡镇一线干部了解、掌握内置金融的精髓。同时内置金融团队针对岢岚县的具体情况，提出建议，岢岚县内置金融村社体系建设，应该探索农村改革新机制，找到一条精准扶贫和巩固脱贫可持续的新路子，发挥"多个渠道引水，一个龙头放水"的效能。对当前农村发展内生动力不足问题，在岢岚县应该逐步使农民由"要我发展"变成"我要发展"，壮大和恢复集体经济，促进农村经济的二次飞跃。要切实解决部分村级组织供给无效和金融供给无效的问题，提升村两委组织和服务农民的能力，重建村社体系（图4-20）。

这个建议基本符合岢岚县乡村发展易地搬迁扶贫和特色风貌整治、产业持续发展和传统文化复兴三步走的需求，高常青代表岢岚县政府的立场，常常就脱贫目标和合作社的对接问题，与设计团队讨论到凌晨。

4月15日，忻州市农村建筑特色风貌整治工作现场会如期召开。市委书记李俊明等市领导，市住建、规划等部门负责人，各县（市区）主要领导，县市区住建局长及五台山管委会相关负责人等参加会议。

图4-20 乡建院院长助理胡晓芹做内置金融培训

李俊明和前来参会的市领导以及各县委书记、县长们首先对宋家沟村进行了现场观摩，实地察看民宅山墙立面、道路铺装、旧宅改造等工程进展情况，并随机走进村民家中了解他们的感受，并听取设计施工人员的情况介绍。

现场会上，高常青首先代表岢岚县介绍了农村建筑特色风貌整治工作的进展，全县域第一阶段的农村建筑特色风貌整治已在9个乡40个村铺开，筹措资金10776万元，用于宋家沟在内6个村子的公共基础设施建设、垃圾分类、污水处理、河道整治、饮用水安全建设。彭涛代表乡建院介绍了此次农村建筑特色风貌设计理念，重申乡建院关于组织乡村、经营乡村、建设乡村系统乡建的三大板块，同时提出了"治理乡村"的理念。

彭涛归纳总结系统乡建四条深得李俊明书记的首肯，后来写进了忻州市的工作报告中。这四条中，治理乡村是彭涛在乡村建设具体实践中，经过观察思考归纳，对乡建院系统乡建原三条的补充。彭涛认为，治理乡村是以村庄自组织为主体，在外部力量的协作下组织村民解决应对村庄发展问题，满足村庄发展需求。其内容包括自组织的培育，弘扬村庄文化，创新乡村生活生产方式。是在组织乡村、建设乡村、经营乡村后的再造，是从外力作用到内生力作用的根本转变，最终实现村庄自我可持续发展。

当前主流社会倡导依法治国，需要在乡村治理中深入践行，这是遵从依法治国基本方略下的必然取向，更重要的是法治已经充当了构建、完善乡村治理体系的坚实支柱。十九大报告提出的德治，刚好与法制在乡村治理体系中的形成互补。有学者认为，在传统的乡村文化中，法治精神建立还有很大的距离，所以乡村治理面临着观念文化与结构制度的断层，而德治作为传统基层治理中的重要资源，依靠乡土

社会的礼治秩序规范约束村民的行为，是对法治进行有益的补充，可以在两者之间起到承接与润滑的作用，提高乡村法治和德治的素养，打牢乡村自治的地基，构筑乡村治理的核心。

具体到宋家沟，乡村治理侧重点是生活服务和养老服务，在乡建院系统乡建的外部力量的协作下，通过内置金融的方式，构建村庄共同体，让村民重新进入村社，增加村民的凝聚力和归属感，同时增强村两委的能力和威信，更好地服务村民。

听取高常青和彭涛的汇报后，李俊明对全面做好忻州市农村建筑特色风貌整治工作予以很高的期望，他强调，不能把城市改造中的毛病带到农村风貌整治中，不搞形象工程、面子工程，不搞单打一，不就建筑搞建筑，而是作为一项系统工程来抓。要把整治工作与特色小镇、美丽乡村、传统村落保护结合起来；与易地扶贫搬迁、整村搬迁、生态移民结合起来；与农村危房改造、建筑节能改造结合起来；与农村人居环境改善、乡村清洁工程结合起来；与集体土地产权抵押、土地入市等深化农村改革工作结合起来；与发展光伏产业、乡村旅游结合起来。

现场会后，趁热打铁，再添把柴让火更旺。

2017年4月16日晚上十点半，指挥部第一时间兑现超额奖金，第一名的小工队拿到了二万元现金，极大激发了工程队推进工程的积极性，宋家沟村掀起了又一轮建设高潮。

宋家沟村特色风貌美丽乡村建设工作指挥部的实施方案中要求对每个阶段的工作任务进行细化分解、挂图量化，通过每周一报制度和检查督导相结合的方式，实时掌握工作进展，定期通报任务完成情况，确保按时完成工作目标。同时审议项目投资计划、规划、设计方案、重大变更调整等事项，并形成会议纪要，有力推进项目顺利实施。工程量工程进度绘制成表格，悬挂在指挥部，每天挂图施工，各小工队按工作量推进，进度多少显示在表格上，一目了然。

高常青回忆起这个过程，"真像是打一场'淮海战役'"。

对岢岚县委县政府来说，此时是进入了大考，作为硬性规定，县委要求县乡领导每周三天两夜住村，其余帮扶力量五天四夜住村。从县委书记做起，去了哪里、做了什么、进度如何、解决了哪些问题，有着详细台账，每周一在脱贫攻坚例会书面公布。在攻坚一线构建起省、市、县、乡184支驻村工作队，4054名干部全覆盖已扶贫困户机制，以到岗到位指纹签到系统记录，做到一周一盘点、一旬一督核、一月一验靶、一季一考核，全面进入总攻状态，势在必胜。

随着岢岚多个项目开工，彭涛把团队全部力量都压上了，同时乡建院还派出了更多精英骨干，规划设计团队、内置金融、社区营造等团队50多人，在院总规划师房木生、院长助理胡晓芹带领下，忙不迭地穿梭于十几乡的建设中，近2000人的施工队分散在沿线15公里的13个村里。最忙碌的身影是高常青，施工工序调整、设计图纸修改定稿、人员调配中，一会儿一个电话，一会儿跑一个村子，还要解决随时出现的个别不理解村民的"拦路"。项目大，进度快，村干部跟不上了，村民跟不上了，矛盾来了。有几户村民个人利益得不到完全满足就开始"闹事"，施工队进院就被赶出来，村干部做工作又被"轰出来"，闹得厉害的时候，个别村民甚至公开破坏公共设施和施工工地。人治法治，关键是法治。为了形成威慑效应，必须抓一个现行。一个村民不满意施工队没有先到他家施工，把砌好的围墙推到了，成为了靶子，处以行政拘留一夜，认罪了，也教育了全村的村民。各级干部领到分片任务，一个乡干部负责一片，进户进家做村民的思想工作，一切都要让步于村子建设进度。

　　与此同时，没有任何悬念，岢岚县与乡建院签署金融扶贫互助村社体系建设框架协议。这个协议是乡建院系统乡建的核心内容，所不同的是，此次，不是与一个村庄签订的合作，而是与岢岚县政府签订的，合作也不是一个村庄，而是县级联合社和四个中心集镇分社。原因主要是岢岚县人口少，一个乡才1000多人，在一个村很难推动开展起来。首先签订了宋家沟和王家岔两个乡，一个乡分三片。

　　乡建院在推进内置金融社组建工作中发现，由于对内置金融认识不到位，有些地方存在一定的资金缺口，开展并不顺利，给内置金融合作社的发展造成了不利影响。所以乡建院在和各地政府合作中尽可能地争取政府的种子资金。目前中央政府对农村合作社发展的也开始不断增加资金支持，使地方政府有条件为村社内置金融注入种子资金，有了政府种子资金引导，农村乡贤跟进再注入敬老资金就容易了很多。

　　岢岚县政府听取了建议，决定给两个乡的合作社各投入种子资金100万。说投就投，政府100万元的种子资金很快到位了。彭涛说，这也是乡建院合作项目中最快到账的一个。

　　2017年4月20日，宋家沟乡连心惠农扶贫互助合作社注册成立。

　　连心惠农扶贫互助合作社设在行政村域内，由村两委主导发起，乡贤和骨干村民自愿参与，与农村土地集体所有制及统分结合双层经营体制相匹配的农民互助合作组织（图4-21）。合作社核心是以"三起来"（农民组织起来、资源集约经营起来、产权交易起来）促"三变"（资源变资产、资金变股金、农民变股民）。在岢岚重点解决农村发展内生动力不足的问题，探索扶贫资金的长效使用机制，使精准扶贫、巩固脱贫更有效。同时在合作社设立党小组，将党的基层组织和农民组织的自主性和自发性结合起来，使其更有活力和凝聚力，形成村社

图4-21　选举理事监事会

一体化村民利益共同体。通过合作社
的"造血"功能，创新基层组织服务
农民、治理乡村的模式，从根本上解
决农村基层组织能力不足的问题。

　　合作社的理事长游存明，也是
宋家沟村的村主任（图4-22），他介
绍说，政府配套100万元，60户入股
村民，每人出1000～5000元不等，另
外照顾16户贫困家庭作为不出资的社
员。124万种子资金全部用于农民贷
款，有跑运输的，有搞建筑的，有买
化肥的……无论谁来贷款，都需要召
开理事会，监事会会员也要到场，标
准都是必须用于生产，还得有担保

图4-22　理事长游存明

人。贷5万要有一个担保人，贷10万就得要有两个担保人了，这两个担保人还必须是有固定收入的人，以确保贷出去的款如约回款。第一年贷出去了110万元，利息以7%计算，第一年，合作社理事每人每年象征性拿到300元报酬，拿出23000元给社员分红，另外对60岁以上的复转军人，合作社每年发200元，贫困户每年也会得到合作社分发的200元。有些社员对这200元不理解，他们极力做思想工作，这200元说多不多，说少不少，主要是体现合作社的价值。

宋家沟村的合作社刚刚起步，坚持以资金互助为切入点，扶持产业为导向，为本村村民提供生产、生活诸多方面的资金服务。做到了封闭运行、规模适度、风险可控、社员互助。

有了合作社，以合作社的名头与外来投资人洽谈合作就比个人更令人信服，宋家沟种植岢岚县特产沙棘药材的合作项目已经成型，以宋家沟村土地和岚漪河水资源为主寻求合作种植火龙果大棚也在洽谈中。宋家沟村正在打造企业+合作社+村民的合作链条，贫困家庭可以通过合作社，进入企业化生产中，以挣工资的方式脱贫。

2017年10月，宋家沟乡引进山西正心圆功能食品有限公司，具体整合岢岚特有沙棘资源，进行深度加工、延伸产业链，带动当地产业发展。项目建设地位于宋家沟薯宴食品公司以东，占地约100亩，项目预计总投资人民币9380万元，分三期实施完成。这座年处理5000吨沙棘的加工基地已经建成，联姻18个沙棘造林合作社，分批培训的600多人，将逐步上岗。

企业的快速落地，为宋家沟乡产业发展带来了难得的机遇，同时也为合作社的发展提供了机会。宋家沟乡决定对宋家沟村连心惠农扶贫互助专业合作社进行整合，把重点放在解决贫困村内生动力发展不足问题上，并进一步探索扶贫资金有效使用的长效机制，从而使精准扶贫、精准脱贫更有成效，早日让贫困户步入小康。

在"公司+合作社+贫困户"模式运行下，进一步形成"总社+18+N"的合作体系，其中总社为宋家沟内置金融合作社，18指宋家沟乡18个行政村的18个专业合作社，N为其他乡镇成立的专业合作社，形成村社利益共同体。

其收益来自：①沙棘林种植收入，通过土地流转，采取公司+合作社+农户合作经营方式规范化发展沙棘林及沙棘加工产业，实施10万亩沙棘林的种植、维护及管理。按照每亩人工费用300元计算，务工工资在3000万元左右，每年贫困户种植时间为2个月，种植沙棘按日工资100元计算，可直接带动5000户贫困户平均务工增收6000元。②沙棘林管护收入。10万亩沙棘林管护，按5000亩配一名护林员，至少需20名护林员，以村级护林员工资标准，每人每年可增收3000元。③沙棘原料销售收入。按照企业满负荷运转，沙棘叶、沙棘果原料每吨订单价8000元收购：沙棘果原料年产5000吨，5000吨×8000元可直接创收4000万元；沙棘叶5000吨，效益转化资金5000吨×8000元可直接创收4000万元；合作社组织农民粗加工沙棘叶茶，利润约4000元/吨，共计创收2000万元；生产5000吨沙棘果将产生1亿吨沙棘枝条，1亿吨沙棘枝条粉碎后可做蘑菇培养基，可培养蘑菇2000吨，按照每斤蘑菇纯利润1元计算，可直接创收2000万元。以上这四项收入合计可创收1.2亿元，按照收益的70%给社员分红，约8400万用于1500名社员（包括贫困户）分红，人均年增收56000元；收益的20%分给合作社，有2400万作为管理运营费用，按带动30个合作社计算，每个合作社年可收入80万元；收益的10%归村集体，集体经济收入约1200万元，分配给30个村，每村每年集体经济收入达40万元。④公司员工收入。公司可解决贫困户农民直接到工厂就业约60人，工资性收入年平均每人3万元。⑤政府借支

1440万扶贫资金,每年可为贫困户固定分红57.6万元,按照入股合作社贫困户1000户参与分红,每户年可分红570元。⑥通过"五位一体"金融扶贫模式,企业担保,100户贫困户贷款委托合作社入股企业,按照每户5万元,年可分红4000元,同时凡参与"五位一体"贷款的贫困户销售沙棘叶或沙棘果,由合作社给予奖补,按照每吨200元标准实施。⑦宋家沟是未来旅游的集散地,年轻人可参与宋家沟乃至整个岢岚县或周边县城沙棘产品销售工作,公司可带动500人参与,每天按照200元利润计算,一年可盈利7.2万元收入(图4-23、图4-24)。

村社共同体,通过与企业联姻,直接带动劳动收入和分红收入1.3

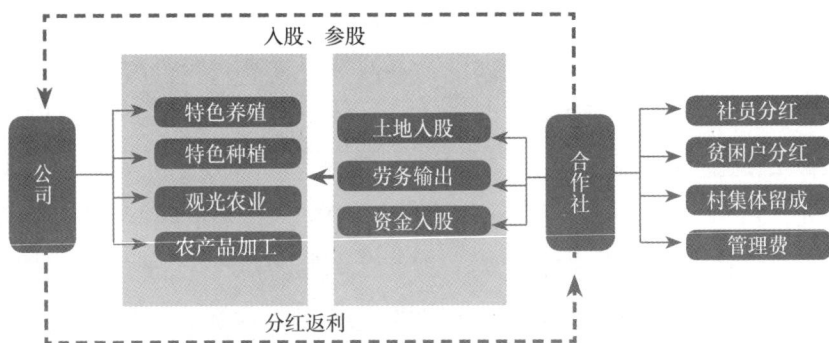

图4-23 总社-宋家沟连心惠农扶贫互助合作社组织架构图

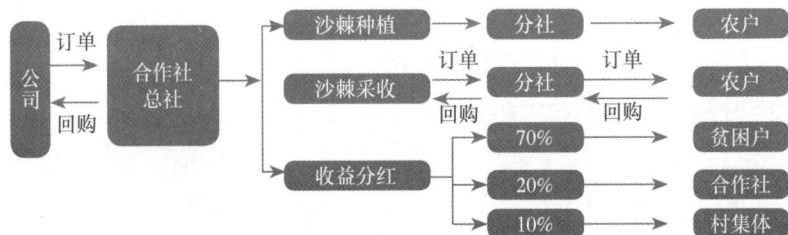

图4-24 村社共同体利益分配模式

亿元，按照宋家沟乡总计人口5876人，总体人均年收入超过2.2万元/人，完成了脱贫，实现了小康水平。

针对宋长城旅游资源，王家岔村注册了连心惠农乡村旅游专业合作社，成立比宋家沟乡晚了半个月，由乡贤倡导和发起，按岢岚县金融扶贫互助村社体系建设模式，在乡建院协作下，遵照"政府主导、村民主体、产业支撑、民主管理"的原则，采用村民自愿入社的方式。全乡10个行政村的村两委都参与了进来，合作社首批入社社员175人，其中乡贤社员9人，老人社员49人，另外帮扶社员（贫困户）99人。注册资本67.05万元，入股资金85万元，政府配套种子资金100万元，贫困户配股扶贫资金30万元（图4-25）。

合作社的宗旨是以资金互助为切入点，搭建农民综合服务平台，把农民组织起来，帮助和支持农村产业发展，为村民提供生产、生活服务，探索扶贫资金长效使用和可持续发展的新机制，提升村两委组织和服务村民的能力，恢复和壮大集体经济。

理事长常在虎是合作社唯一一名专职的工作人员，他以1万元入社，一年后分红拿到了1400元（图4-26）。

"按14%的比例分红是村民集体决定，"常在虎说。"但后来县纪检委检查工作，批评王家岔乡在分红比例上的冒进。"

常在虎说，确实是分多了。

图4-25　王家岔连心惠农乡村旅游专业合作社

为什么这么说？后来黄土坡村有位在外做生意的村民拿20万来入股了，就是看到了14%的回报率。显然这笔昂贵的资金不是由发展而来的，也不是为发展而投，是为了投机获得高额利息，这与合作社的宗旨风马牛而不相及。合作社拒绝了这笔"高昂"的入社费，通过这件事明确告诉村民合作社，不能鼓励投机心理。通过这件事，理事会明白了，合作社不是规模越大越好，而是要看需求，以需求定资金规

图4-26　理事长常在虎

模，让合作社的健康运行激发乡村的内生需求，巩固合作社的良性持续发展。乡建院设计内置金融合作社坚持村社一体，促进"经济发展、社区建设和社区治理"三位一体的村社共同体建设，如果以高息吸金，就成了非法集资，严重背离成立的初衷了。这之后王家岔调整了合作社的规章，入股合作社的资金最高是5万元。

　　村社内置金融社的贷款管理是最基础的管理，乡建院在设计这部分时，建议贷款管理最有效的方式是由长者社员分成若干贷款管理小组，将贷款指标划归长者贷款管理小组，社员借贷要向长者小组申请，长者贷款管理小组同意贷款后理事会才能审批贷款。在王家岔乡合作社贷款执行比较到位，借款需要村委会开证明，证明房屋几间、土地几亩，还需要有两位村民做担保。所以贷出去的款不愁收不回来，有房、有地有车做抵押，还有乡里乡亲的村民做担保（图4-27）。

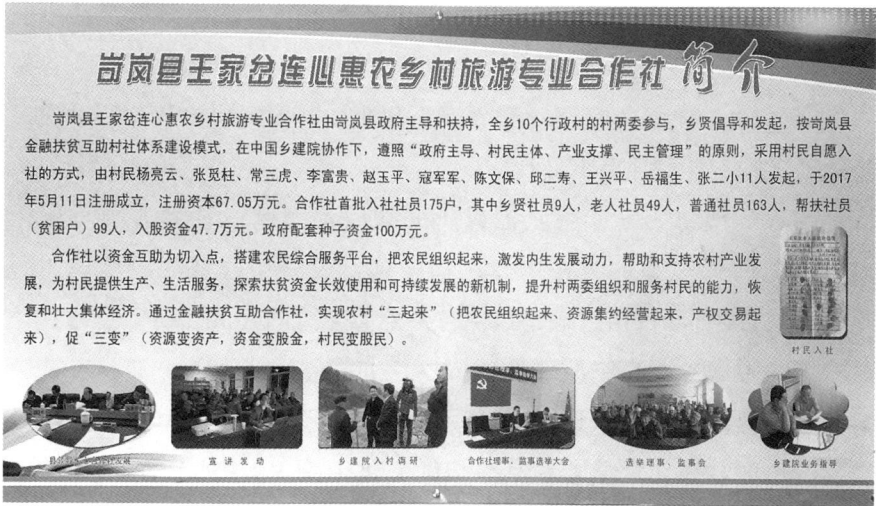

图4-27　挂在理事会办公室墙上合作社介绍

常在虎说，合作社成立对贫困家庭帮助最大，最差的可以用自家的破土坯房做抵押，春天贷1万元，买头母牛，到了秋天可以产下3头小牛，每头牛犊卖到6000元，这在以前贫困户是不能做到的事。这就是李昌平说的，小农面对城市的商业信贷，一没有信任度，二没有贷款资质，三没有贷款能力，内置金融不仅可以实现小农的小额度贷款，而且对贫困的农民提供输血性帮助，哪怕只是输了50CC。

岢岚县的乡村和我国许多偏远地区的农村一样，几千年来以"日出而作、日落而息"的方式生产、生活，居住分散、交通闭塞，长期以来受到经济的制约和思想的禁锢，形成了生产规模小、自给自足的小农经济，许多农民则养成了安贫乐道、思想保守的小农意识。由于小农意识作怪，农民常常表现为得过且过，害怕竞争，看重眼前利益，缺少开阔的视野和长远的眼光。部分农民对土地有严重的依赖性，习惯于沿袭以往的劳作和生存方式，没有创新精神，不敢承担市场风险，对于转变经济发展方式、发展集体经济和发挥农业规模效应存在不信任和恐惧感。特别是实行家庭联产承包责任制后，"分田到了家，各家顾各家""种田吃饭靠自己，啥事不用想集体"的观念，致使有些农民淡化了集体主义和社会主义观念。

针对此现象，设计团队把村庄公共活动空间设计看成激发村庄内生动力的外在硬件，在建设之初就确定公共空间优先的原则（图4-28）。村民可以自由进入，进行各种思想交流的公共场所，是村社外在的组织形式，既有物质实体的内容，如祠堂、庙宇等，又具有社会精神的内容，如村史家谱、乡风民俗等。这些乡村公共空间都是乡村文明的重要载体，承载着村落悠久的文化传统、历史记忆和村民的乡愁情感，体现着村民的文化观念、理想信念和价值追求，具有文化规

图4-28　公共空间三棵树广场

约、社会认同、心理安慰与心灵净化等重要功能。同时，公共空间作为聚落精神空间、交往空间的集中体现，是村民的情感寄托和精神归宿，对传承乡土文化、维系社区感情、增进农户交流具有重要作用。可以说加快乡村公共空间建设是实施乡村振兴战略的重要组成部分，既可以为乡村产业兴旺提供基础保障，也可以为居住环境注入文化内涵，为乡风文明提供空间载体，为社会治理提供组织归属，并解决生活富裕农民的精神需求不平衡不充分问题，最终为乡村振兴提供精神动力。

宋家沟协作者之家，最开始是为乡建整体团队服务的，在功能上更考虑工作和居住的融合性，但是在后期使用过程中发现由于社区营造团队的入驻，这里逐渐成了村民自由交流的公共空间。这个实践充分说明，村庄内部需要这样相对自由的场所，更需要有相对超脱的专业人员引导。在地的社区营造人员进入乡村，带领村民活动，本质上激发村民的文化精神追求，引导更多健康向上的村庄文化生活，挖掘出更多属于村庄的特色文化（图4-29）。

设计团队先后设计建设了巧手坊、儿童沙池、村史馆、文化大院、东村标、三棵树广场、宋水街、宋家大院等公共空间。建成后，经过一年的使用情况来看，这些公共活动空间已成为了村民最喜欢活动的场地，不同的场所活动内容不同，多样的活动把原住民和安置的新村民紧密地联系起来，重塑之后的村庄开始从内向外生长，越来越多的年轻人回到了村庄，老人和儿童得到了更多的关注。

但是建设之初，有些村民并不能理解。其中一个村民看到自家的房子迟迟不来施工，就把刚刚砌起来的公共围墙推倒了，还破口大骂。高常青见状，一下子急了。工期越来越紧，时限越来越近，砌一堵墙不仅要花时间，而且这一推会打击施工工人的积极性，会影响村

图4-29　乡建院副院长胡晓芹和村民在协作者之间门前

民的正向情绪和思维。高常青破天荒第一次与素不相识的村民大吵起来："如果你住在对面的山上，我不会管你，现在宋家沟怎么干我说了算，你不能阻挡建设的步伐，你要是阻挡就让你进班房！"最后以拘押一夜处理了此次恶性干扰建设的事件（图4-30）。

高常青说，在整个宋家沟的建设中他没少被人骂，也没少光火骂别人。习总书记来过宋家沟以后，所有的事情都见光了，那些被他骂过的村民干部见到他都不好意思，事实告诉了他们，政府主持易地搬迁扶贫安置和特色风貌整治干的是对的，尤其对宋家沟来说，是千年不遇的福分，所以才会有宋家沟深山的凤凰被世人知晓的今天。

进入2017年4月中旬，公共空间、民房全部铺开，施工紧锣密鼓。

全体乡干部一人分管一片，县委书记亲自挂帅，一日一推进，三日一观摩，七天一督查，而且观摩都是县里四套班子一起来工地。工地指挥部像指挥一场大战役，王志东在后方把控、管理，高常青在现场指挥，边干边扩充施工力量，县里及时调动一切可以用的资源、乡建团队随时补充技术人员。施工工地实施昼夜两班倒，人休活儿不休，确保工程质量和进度（图4-31）。

2017年5月10日，山西省副省长骆惠宁前来视察宋家沟的建设情况，了解内幕的人知道，此次骆惠宁来视察还有一个不能提前告知的秘密，他是在为即将到山西考察脱贫攻坚工作的习近平总书记挑选具有代表性的试点。这时，宋家沟的重点项目大部分已经完成，骆惠宁对宋家沟的建设评价说，有地方特色、乡土风格；没有产生新的占地，绿化亮

图4-30　这是一户村民不配合整治而留下来的"遗址"，成为宋家沟的不和谐之景，时时提醒提升宋家沟综合素质的重要和紧迫

图4-31　高常青等在指挥部查看工程进度

化到位。此前有人质疑过是不是给农民盖的房子太好了，太奢侈了。高常青反问过质疑者，为什么农民不能住好一点的房子？然而他心里也没

有底，得到省领导的首肯，高常青坚定了建设的步伐。

2017年5月19日，宋家沟搬迁扶贫安置点+特色风貌整治工程基本完工，宋家沟沿线周边12个村的综合整治也已收尾。

2017年5月22日，部分移民迁入新居。

2017年5月28日，宋家沟完成全部建设任务，用时一个半月。

2017年6月中旬，完成了宋家沟及12个村子全部整治，用时两个月。

2017年6月21日，习近平总书记来到了曾经特困的宋家沟，宋家沟已是"青砖黄墙木檐石料"的典型晋西北的村庄风貌了（图4-32）。

习总书记到宋家沟前，2017年5月29日，宋家沟新村落刚刚落成，在村史馆大院里召开了岚漪书社端午节诗歌诵读会（图4-33），这算是新建成宋家沟的揭幕。活动是由岢岚县妇联兼职副主席，第三中学校长田沁梅女士组织举办。田沁梅是2015年回归家乡的，那时岢岚人正

图4-32　建成后的宋家沟全景

在如火如荼地"创卫"。田沁梅想，人可以创造好的环境，好的环境也需要有文明素养的人来匹配。读书可以让城市更文明，让生活更美好。

图4-33　刚刚改造完的宋家沟迎来了端午节诗文诵读会

2016年，她和几个爱读书的朋友一起成立了岢岚县岚漪书社，至今，岚漪书社已经举办了100期线下读书会。同时书社也组织户外诗歌朗诵活动，吸引并带动了一大批人加入到读书的行列中。宋家沟新村一落成，田沁梅又带着读书改变乡村的想法来了。田沁梅在诗歌朗诵会上朗读了自己的《漫步宋家沟》(图4-34)：

图4-34　通向远方的宋家沟主街

　　进村的这段路，要一个人走；借着阳光或灯光；让长长的影子，铺满回村的路／如同一个人的朝圣／前方不是归途，也不是去向／只有行走，可以让一条路延长／这头到达宋朝，那头到达远方……

四、守望宋家沟的风景

关键词：设计 村庄肌理

2015年田沁梅回到岢岚，岢岚在"创卫"，在重树岢岚人的自信；2017年，田沁梅到宋家沟办诗会，宋家沟已经蝶变为晋西北一个充满诗情画意的乡村。从城镇到乡村，岢岚用了两年，千年宋家沟得以巨变，是因为城镇的"创卫"。岢岚创出了精神、创出了自信、创出了对生活美的发现和热爱，才有了飞速改变的乡村面貌和精神。

中国青年政治学院中文系教授梁鸿，曾用近5个月的时间再回到她的故乡，河南邓县的一个小村落，以学者身份深入调查采访，完成了10多万字的纪实性乡村调查《中国在梁庄》，引起了很大的反响。梁鸿踏上阔别十多年的故乡，眼前的景象已和记忆中是天壤之别了：童年时代的坑塘干涸了，如今却变成了蚊虫的滋生地，读过的小学校已关闭沦为猪场……于是，她用笔记录了农民的伤痛和矛盾，记录当代农民的生存状态，展示农村困惑的问题。

在梁鸿看来，即使最古老的乡村，保持着中国社会最古老的组织形态，它仍然是人们生活的地方。因为所有人都有向外流动的冲动和渴望，乡土社会从来都不是城市化想象的那样封闭，乡土社会里面的农民、乡绅、普通生活的人，他们有他们对生活的向往。梁鸿看到目前我国社会最大的主题就是改造乡村，不管是文化改造、经济改造、面貌改造；还有农民进城延伸出的一系列问题，这些问题不单单是政治学家、经济学家的问题，其实也是应该重视的文化问题，精神状态的问题。梁鸿说，当我们把乡村当为一个被动的田园风光形态看待时，却往往忽略了乡村的人和乡村本地生活的形态。现在问问村民、问问从乡村走出来的人，爱自己的家乡吗？答案似乎在乡村从小就给了你，一定要离开农村，要考上学，才可能过上好的生活，要外出打工才能盖房娶媳妇。

乡村的不堪和无奈叠加，连同不复存在的农村图景，一起拷问着我们的时代。

　　乡建院立志以自己的方式进行系统修复，而不是改造，以为千千万万个梁鸿守望家园，守住乡村的底线。

　　其理念就是坚持乡村建设想农村之所想，建农民之所要，陪伴乡村的发展和建设。这个陪伴就是始终把农民作为主体，以农村现实为第一，以农业良性和谐发展为基础，再造乡村的美好、修复乡村丢失的文化，提升乡村综合素质水平，重塑乡村的自信、找回曾经失去的正常生活秩序。而任何脱离乡村实际的建设和撕裂现有乡村体系的改造都会造成村民的疏离感，造成梁鸿们内心"家乡已经沦陷"的惆怅，必须坚决摒弃。

　　在宋家沟村特色风貌规划建设实践中，乡建院的设计团队结合建筑风貌改造，沿街立面景观改造，公共空间景观节点设计，街道亮化工程建设等，把激活村庄原始活力，保持原有村庄肌理，传承特色风貌建筑，因地制宜整治提升整体环境的思路融汇贯穿始终，真正让乡村像乡村，确保宋家沟村还是宋家沟村（图5-1）。

图5-1　宋家沟村规划功能结构示意

　　无论是保持原有村庄肌理，还是传承特色风貌、建筑色调，都体现了乡建院乡村建设的尊重本地文化和习俗，遵从历史传承和民间特色的理念，用实际设计和建设具体体现不打乱原有格局，陪伴乡村成长。尤其对村庄肌理的保护，乡建院认为，它是自然与人文有机的结合体，其形态受地形、地貌、气候、植被、水文、土壤状况等自然环境的影响，是气候、地形两方面的结果。村庄肌理形态与自然环境的适应，成为村庄营建的一条重要准则。村庄选址一般都依山傍水、靠近水源与生产地，因而表现出每个村庄独特的充满生机与活力的空间特点，不论是村庄选址、布局，还是单体建筑的设计、构筑，都突出一种人与自然和谐相处、互为一体的环境氛围（图5-2）。

　　一般乡村的建村历史都比较长，大多都在百年以上，村庄肌理在上百年的运行中，逐步积淀了丰富而独特的历史文化，完整保持了多

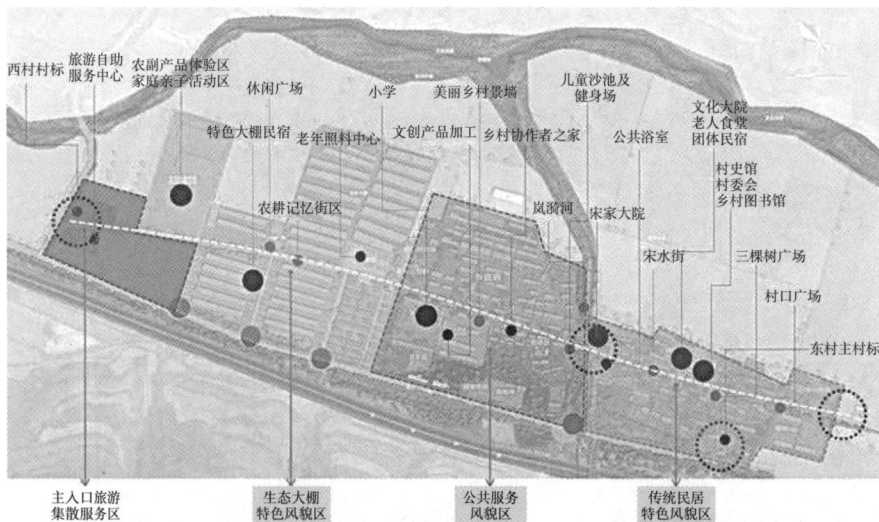

图5-2　景观结构规划示意

个时期，典型的村庄格局、乡土氛围、地方建筑、公共活动中心。村
庄功能布局已经完整、严谨、和谐，大部分村庄的水系、街巷井然有
序，民舍、庭院、宗族中心等错落有致；有的传统肌理完整村庄还保
有丰富的传统生活内容，形成浓郁的传统生活氛围，是历史文化的活
的见证（图5-3）。

在漫长的历史发展中，所有的村庄肌理变化十分缓慢，并呈现出
良性和谐的发展过程。随着大规模新农村建设浪潮的到来，乡村的发
展和变化难以避免地被超常规、快速演化所打乱；多多少少会受到当
前或局部利益等诸多关系的牵掣，形成大拆大建、填塘挖山、村宅标
准图南辕北辙、西化洋化复制，以及简单粗暴应对的局面，导致千百
年来遗留下来的传统乡村风貌毁于一旦；而且过于重视新农村建设的
现代化和统一性，而忽视了传统村庄肌理结构，忽视了形态及传统建
筑形制的保护与传承，带来传统乡土特色的丧失及破坏式的更新，造

图5-3　重要建设节点分布示意

成千村一面。对此现象，宋家沟项目设计团队在设计之初就确定了规避的具体办法。首先界定好村民的私人空间和公共空间，厘清界限，优先改造公共空间，对村民私人空间的改造采取一户一图的方法（图5-4）。同时无论是公共建筑、还是私人住宅，凡有历史特色的建筑必须原址原貌、原大小进行改造，改造设计的所有建筑必须包含当地村庄的风貌元素。对于同时改造多个村庄，采取一村一册，充分预留出各项建筑的建造空间。所谓一村一册，就是针对每个村的特点、生活习俗、历史沿革单独设计规划图册，以确保每个村建筑风格迥异和统一。一户一图的设计可以满足不同院落不同方位不同大小的宅基地，便于施工方施工，便于房舍落地。重要的是一户一图便于准确保留村

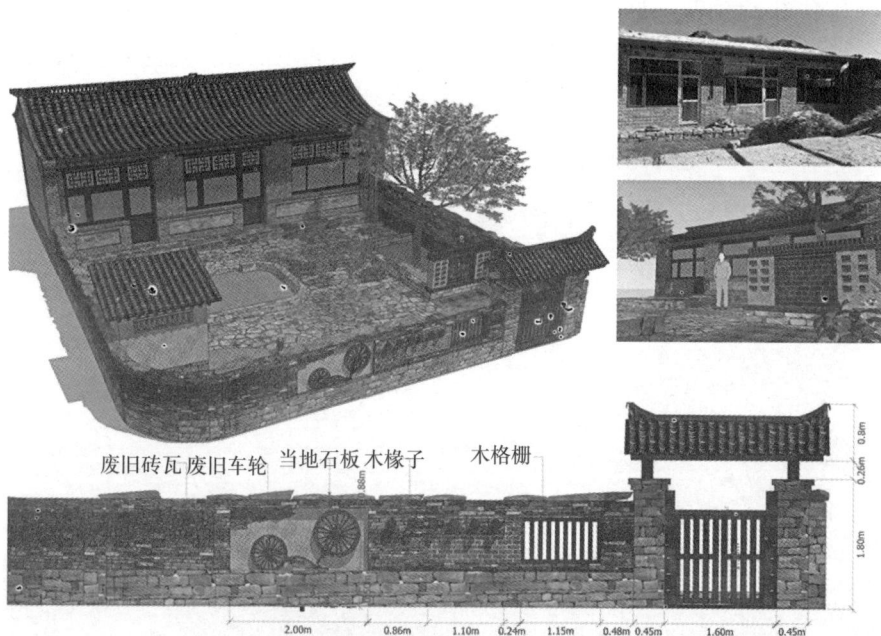

图5-4　宋家沟村一户一图效果示意

庄的肌理，无论是结构形态，还是建筑细部都得到最大化的传承。这是保持村村不同、各村人各眼的关键。

目前乡村建设中具有这种意识、又可以完成这样的设计，同时实现落地的团队少之又少，这不仅需要花费大量的人力和时间进行现场测绘，完成建模，而且需要有长期积累的乡建工作经验，尤其是与乡村各方沟通的经验，这是喜欢一把挣大钱的团队绝对不会轻易涉足的领域，乡建是个繁琐而细致的过程，需要超常规地耗时、耗精力。

值的注意是，乡村建设中的村庄肌理保护与更新研究到现在也是个棘手的新课题。在城市化快速发展节奏中，城市规划设计远远没有精力涉及该领域，而乡村工匠及工程队又缺乏相应的系统理论支撑，所以乡村的规划设计出现了断层；加上乡村建设分散、投入少，所以真正情愿并能满足乡村建设需求的专业团队凤毛麟角。乡村振兴战略大实施，乡村建设的缺口由谁来补？怎么补？会不会像城市建设那样出现了很多问题、走了弯路才被关注、被重视？这都是相关部门亟待需要解决的问题。当初来岢岚县对接乡建的几个省级专业团队都是"老革命遇到了新问题"，在城市规划设计上驾轻就熟，到了乡村这样的规划设计就行不通了。

乡建院的设计有别于城市规划设计，他们将全部的热情、精力和智慧投入到乡村建设中，在推进设计的同时，不断发现问题，寻找可以解决的方式、方法。设计团队在宋家沟村采用的是一站式村庄建设改造模式，打破村庄建设的各种瓶颈，将多专业、多设计、多部门协调，及建设周期时限长，改造项目零碎分散，建设与经营脱节等多角度多维度、多层面的问题，放在一个系统里考量，不仅全面解决村民的生活环境，还让村庄成为村民重新回归的村庄文化载体，成为聚拢

村民，激发村庄向上发展思维和内生动力的物质基础。

设计团队总结了一站式村庄建设改造模式：

一、场地实测

村庄项目落地首先必须对村庄建筑做详实的调研。目前大部分乡村存在的问题是地形图陈旧，不能作为改造设计的底图资料，对此采用有两种方法解决：其一政府组织大规模补测，用时长费用高；其二乡建院根据设计需要自行测绘。当前设计的村庄基本都以乡建院自测为主。乡建院采用的方式为无人机测绘和人工实地测绘拍照结合的方法。无人机测绘用于成片高清的拍摄村庄风貌，比谷歌图片使用起来更直观；人工实地测绘让设计师对当地建筑的尺度和结构有更清晰更深刻的印象，也有利于后期一户一图的模型设计。测绘的重点是对改造风貌的界面每户的建筑尺寸进行细致的记录，包括房屋长宽，进深，门窗高度。

二、现场调研目的清晰

一方面，需要在场地调研时收集当地建筑材料与结构，总结建筑特色，包括门头、窗、屋脊、墙裙等；观察周围场地的景观元素和传统做法，提取景观肌理。另一方面，结合改造需求，完成设计调研清单，包括政府对房屋改造要求，房屋建筑质量，住户自身建筑改造需求等。

三、建筑景观方案草图软件建模

场地实测后，用"草图大师"软件进行建筑建模，按照现场尺寸和建设情况设计现状模型，尺寸不符，或结构不清楚还要进行二次调研复核。整体设计团队在"好看好用"总体设计要求下，对前期策划和规划内容都有清晰的认识，现状建模完成后进一步明确设计内容和工作目标。公共部分可以直接设计建模，村民部分需将方案通过照片形式或建模图片与村民沟通，了解真正诉求后确定。这是政府目标、村民诉求、设计效果之间的博弈，是不可或缺的过程，在充分抗争中，设计师完成均衡各方利益，控制造价成本，设计相对合理的方案。

看似简单的设计步骤背后，其实是对设计师的综合设计能力的考验，既需要对空间功能的把握，也需要在建模过程中充分了解建筑的结构和尺寸，把控建筑景观环境的整体效果，把控村民、公共利益平衡关系，最后草图软件展示出来的模型是设计思维的直观体现，类似常规的效果图。

这种工作方法区别于常规的先出CAD图再做效果图的模式，被称为乡建工作中的"逆效果图"模式。乡建设计师的接触对象多为普通农民，他们不懂设计，但不缺乏个人需求和审美观；落地实施中接触更多的也是村民，他们更需要直观的指导施工图。在过去的乡建实践中，乡建设计师提供过直观的手绘图纸，但是施工队伍会按照给的草图去施工，提供正规的CAD图，施工队伍反而看不懂图纸。草图软件建造出来的模型图能直观地、简单地让村民和施工队接受和理解，更重要的一点是，所有的尺寸和材质要符合实际建设材料的型制和大小比例，因为村民会硬性按照图纸标识的所有信息去建造。这些经验都要求设计师对当地的建筑结构材料和尺寸了如指掌，并且在施工过程中能迅速找到现场解决的方式，并能准确表达设计想法。

四、建设改造重点

风貌改造：尊重原有村庄整体风貌和色调，并通过民房改造，在

一户一图房屋的屋顶，烟囱，墙体，院落门头，门窗，院墙，院落进行风貌统一，同时满足村民实际设计需求。部分房屋在政府进行收储后按照特色功能空间改造设计，公共建筑根据设计尽量利用旧房改造；企事业单位主要对大门，屋顶，墙体，墙裙，门窗进行统一风貌改造。

基础设施改造：解决村民需要的给排水，电力电信，道路，供暖环卫问题。在建设实施过程中，设计团队发现基础设施改造的主要范围在公共部分的街巷。由于部分街巷很窄，机器无法进入，导致局部设施不能接入，因此主街设施改造时尽量预留接口，方便之后村民房屋改建的接入需求。

营造公共空间：尊重村民生活习惯，结合村庄特点植入乡建院经过实践打造出的公共空间模块。

五、施工指导图

施工指导图介于设计方案和设计施工图之间的一种图纸，即以上说的草图软件的模型图，主要用于甲方催促项目实施时施工使用，也是与村民沟通最直接的图纸。村庄建设改造内容为民房的简单风貌改造、公共建筑的新建或风貌改造、企事业单位的风貌改造；做法相对简单，有图纸能标明实际尺寸和材料做法和比例，当地的施工匠人就能按图施工。一般按照常规设计模式出示施工图，经相关部门认可后正式施工。

六、改造时序

常规的村庄改造按照建筑立面改造和房屋整修；基础设施管线的布置和建设；道路施工和周边绿化景观改造的步骤进行建设。

七、村庄标识识别系统硬件设施设计

具体到宋家沟包括村标，村庄LOGO形象，村庄景点指示牌，旅游导览图，强化村庄品牌的街道家具如路灯、垃圾箱等。

八、驻场施工

乡建院的设计驻场主要工作在于对项目进度和质量有控制地统筹性把握，同时对施工时出现的各类问题及时解决，保证施工进度。

尊重现状、保护风貌、突出特色，最好的方式恐怕就是宋家沟设计团队的对不同房屋情况采取不同的改造建设方式，延续原址原貌、原样修复了。

原址原貌是宋家沟项目保留原始特色风貌的最重要方法，主要针对乡村地域存在的宅基地固化，建筑风貌和格局较好的房屋，在新建房屋或改造房屋时，尽量避免超出宅基地范围，整体风貌和高度参考村庄原来的特点，以便改造后的村庄与现在的村庄更协调，这个方法也用在了部分老宅的修复和整体搬迁的新建上。

宋家沟原址原貌有三种类型：

第一种，原址原貌新建。保留原来建筑风貌尺度和院落格局。在村民丁全全家和巧手坊周边房屋的施工中，用了这种改造方式。当时委托方质疑这样方式的效果，认为全部按照以前方式建设过于简单，会不会不出彩？设计团队胸有成竹，只要把握住施工尺度，如果把控过度或者不到位，才会导致新建不如不建。如何掌控？关键是如何准确将设计思想传达给施工方，确保操作中不走偏（图5-5、图5-6）。

图5-5　原址原貌新建前

图5-6　原址原貌新建后

第二种，原址原貌修复。保留全部的建筑框架，推倒墙体进行新建，这种建造方式后来在山西岱县项目得到了推广应用。在修复前反复和施工队准确沟通，房屋本身能使用的材料尽量继续使用，不能使用的再找新的替换物。比如宋家沟的村史馆，整个外墙全部推到，剔除干净，保留结构骨架，形成现在的外貌（图5-7、图5-8、图5-9）。

第三种，移址原貌重建。宋家沟村田三女家房屋，原始现状的房屋建筑很有特点，风貌较好，由于位于新的移民安置区中，需要进行拆除。设计师为了让这个院落再现在重建的村庄中，提前与施工队交流，让施工队对原来房屋的每一根柱子、门窗都进行了编号，拆除后保存在一个空地上，村庄建设基本完成时将这个房屋进行了整体重建。这种是属于整体房屋位置移动后的移址原貌重建，重建后的房屋主结构和门窗为原来材料，屋顶形式只是稍有不同。旧建筑新建，既保留了结构状况良好的旧建筑，又增加了新的内容。

图5-7　原址原貌修复前

图5-8　原址原貌修复中

图5-9　原址原貌修复后

旧建筑极具人情味，呈现力丰富的材料和细部都延续了村庄原有的文脉和历史，是村庄形成的基础，是地方历史的象征，对其进行了修复和再利用更强化了该地区的个性和特征（图5-10、图5-11）。

岢岚县的乡村建设一开始就明确不搞大拆大建、不搞排排坐式住房与乡建院建设乡村的理念不谋而合。大拆大建，不仅会造成浪费，而且快速更新建设将造成对村庄肌理结构的破坏，排排坐式住房将破坏了乡村特有的风貌，造成村庄的同质化。真正懂得乡村建设的人知

图5-10 移址原貌重建的田三女家房屋院落外观

图5-11 移址原貌重建的田三女家房屋院落内

道，其肌理结构是不断发展、变化、生长的有机体，它既组成空间单元，又是一个社会单元，简单、快速更新，将破坏了其肌理，势必撕裂村庄原有的多变的环境和丰富的文化历史，使得独特的家园感毁于一旦。从这点上充分说明岢岚县政府对乡村建设持续发展有着准确、深刻的理解。

主抓此次试点建设，从忻州市委书记李俊明、岢岚县委书记王志东，到亲自操刀指挥的高常青，三个人中，李俊明和高常青都是学建筑的出身，王志东是学经济的，他们之间的融合合作，就是懂专业、求质量、求实用；同时讲经济、讲专业、讲成效。

乡建院作为职业乡村建设机构，在乡村建设的实践中，充分尊重村庄肌理，理解其是架构在丰富的自然生态、历史文化与社会经济互动关系之上的乡村聚居格局，懂得其蕴含着丰富的社会、历史、文化价值。

从一个细节可以看到乡建院的这种尊重。设计团队为了延续宋家沟村的空间秩序和意象，在当地发现了一种可以用来延续整体特色的石材（图5-12），其酱红色的色调与边成村庄的氛围十分吻合。但是当地工程队没有找到这样批量的石材，找来的也都不一样。设计师仍然坚持自己的想法，一来就地取材可以节省时间和费用，二来当地的石材最能完美体现宋家沟村风貌。设计团队坚信这种石材一定深藏于哪个角落里，等待被人发现重用。他们自己开车，在整个岢岚县一连转悠

图5-12　当地特有的石材

了三天，没能找到设计师想要的石材。一边是工期催促，另一边是匹配度高的石材找不到，权衡利弊，正当准备放弃的时候，在一条山沟里意外看到因修高速路废弃的石料，是挖山洞挖出的，就是当地特有的酱红色石材，堆在山沟里，聚拢一堆，那红色特别抢眼。设计团队喜出望外，理想的石材就这样找到了。后来宋家沟村特色风貌所有的街面建设主材全部使用了这种材料，不仅大大节省了材料运送时间，还节省了整体造价费用；最重要的是实现了设计团队的设计效果，呈现出与宋家沟村现有的自然环境和建筑色调相融合的风景，并且恰如其分地强化宋家沟村的个性（图5-13、图5-14、图5-15）。

尊重乡村、尊重当地，尊重原有的一切，需要设计团队放下架子，放下外来者的观望态度，以协作的姿态融入建设中，乡建院做到了。在村庄建设中把协作

图5-13　当地石材在宋家沟村貌中的运用——主街的墙砌

图5-14　当地石材在宋家沟村貌中的运用——街道上的墙饰

图5-15　当地石材在宋家沟村貌中的运用——院落围墙

的理念注入思维方式中，把遵循在地风格做到极致。同时乡建院的协作意识还体现在对政府，村民和施工方的合作中，都一视同仁、始终如一以协助的姿态，将决定权给当地政府，交给村民，用他们的意志引导设计，让他们自己决定做什么、怎么做，实现他们理想中的村庄样子。

在宋家沟的规划设计中，设计团队严格按照特色风貌的要求，重点突出宋家沟村特点和个性。对改造建设项目梳理为：

一、建筑风貌改造主要包括村庄内沿街主要的民房院落和公共建筑企业大院进行改造，通过改善、拆除、更新和新建四种形式对民房进行改造安置；公建及企业重点有建筑立面改造，包含屋顶，墙面及大门、门窗；

二、沿街立面景观改造侧重对街道家具统一风格（电线杆、垃圾桶、电子眼、变电箱、店铺牌匾等），街道横断面整理、建筑之间的围墙做景墙处理、道路绿化的分段景观设计；尤其注重村庄老物件和传统门头在村庄景观中的应用，营造在地文化的场所感；

三、公共空间景观节点设计重点将东西主要村标、美丽乡村景墙、三棵树广场、儿童活动空间、岚漪河沿河景观作为村庄的主体景观进行建设；

四、街道亮化工程方面将村庄的主街和次巷道安装照明设施，路灯灯杆新村采用宋家沟标记的简洁古朴的式样，旧村不单独设置路灯，通过小型构架类似路灯式样的单独灯笼镶嵌在围墙或门边。每家每户沿街面都安装电子红灯笼。

在这四项改造建设项目中，体现协作者的原则，就是既要准确实现设计师的设计想法；又要尊重当地政府、村民的自主意志。设计团队仍然以现场设计、现场汇报、现场指导的方式来操作。

现场设计有利于设计师充分的感受现场，了解村庄的"气场"，便于打造出最适合这个村庄特质的设计；同时就整体设计而言，现场设计可以准确把握村庄特有的印象，有利于设计师区分不同的村庄，能够将村庄特质最大化，并放大其差异化，突出村庄的独特性。

在宋家沟建设中设计团队都是现场办公，直观地向当地政府、村民、施工队表达设计意图，现场直接呈现实施效果，同时不影响施工进度。

现场指导应该说是乡村建设设计的特殊要求。因为在设计具体落地实施中可能会遇到很多需要和村民沟通、关系处理和方案改变等问题，现场指导可以根据现场实施和具体情况，随时将设计思想以乡镇干部、村民接受程度进行推介，现场指导可以更直观地让施工队理解设计图纸。边谋划、边规划、边干事，在没有问题的前提下按设计思路做，出现矛盾和新的问题现场指导解决，减少了扯皮、杜绝了拖延。

这就是在宋家沟村建设中总结出的具体做法，行之有效，立竿见影。

应该说乡建院对乡村建设的设计都是采用动态设计，设计蓝图在落地实施时出现临时调整是经常性的。在宋家沟村的建设中，文化大院的保留，最初设计是作为安置区，实施过程中考虑到村庄公共场地和植入公共空间的建设，最终在此设计出了文化大院多功能的活动区。公共浴室的位置本来是设置在现在宋家大院的对面，但由于民房拆迁问题难以解决，才移到现在的位置。从效果上看，公共浴室与宋家大院体量相当，遥相呼应，成为岚漪河最美的风景（图5-16）。

还有广场中的沙池，当初设计时，与儿童活动场地一起准备建在广场南侧，实施中为了节省成本和加快施工进度，改为直接用沥青铺地；设计师为了给村民保留集聚的空间，将原来的设计缩小并移到了现在的位置上，目前已经成为儿童嬉戏、村民最喜欢停留的场所（图5-17、图5-18）。

图5-16　宋家大院和公共浴室相呼应

图5-17　儿童活动空间效果图

图5-18　儿童活动空间实景

　　说到沙池一事，乡建院的乡村建设团队不仅仅是协助建房子，打造乡村风貌，还在乡村规划建设中有方向地植入硬件设施引导乡村潜移默化的变革，提升乡村的整体素质。对沙池的设计，当地政府认为没有预留此项目，决定取消，设计团队本应该遵从此意见。可是，这次设计师"逆反"地固执已见，理由很简单，就是要给儿童建一个可以玩耍的场地，给村民建一个亲子交流的场所，这个理由是因为设计师们常年在乡村建设中留下的痛楚。

　　设计师在乡村常常被留守儿童迷茫的目光所触动，那目光呆呆地望向远方，停留于落寞黄昏之中，流露出无助、孤单和失落。社工魏玲和我说起她在与宋家沟十二三岁孩子聊天时，他们对未来做什么了，长大了干什么是茫然不知的。当城市的孩子说我要当警察，我要做科学家时，宋家沟的孩子只是用空洞的眼光看着你。魏玲说宋家沟十二三岁的女孩甚至一点女性自我保护意识都没有，上厕所不懂得不能让别人看。据统计，全国大概有留守儿童6102.55万，相对于我国儿童总数来说，平均每五个小孩中可能就有一个是留守儿童，大概50%

的留守儿童在一年365天之中不能与父母相处交流，享受来自父母的温暖；80%以上的留守儿童是由爷爷、奶奶照看，祖孙的代际差距更加剧了乡村儿童成长环境不健全，老年人的观念和思维方式多少束缚了乡村儿童的接受新鲜事物快，适应新环境，爱独立思考的性格形成。

随着越来越多的农民外出打工，农村家庭生活结构发生了巨变，社区中留守儿童和老人居多；另一方面乡村又缺少公共空间和休闲设施，生活枯燥乏味，多数乡村的树荫和墙根已经成为村民纳凉闲聊的公共空间，村民在那儿寻到一点点乡村生活的乐趣。对于乡村生活环境出现萎缩，有学者给予高度关注。湖南文理学院匡立波和夏园锋在2016年对湘北云村小卖铺辐射圈的考察发现：小卖铺在乡村中作用的变化：乡村的小卖铺已从单一的购物小店，升级为村民的活动中心。村民在此打牌、下棋、聊天、玩耍、社交，成为村庄最热闹的场所、最富有生气和活力的聚拢空间，村民在小卖铺可以自由出入，在小卖铺话家长里短，论功过是非，但凡周围发生的人和事，都会成为小卖铺闲聊的话题。其实，这些看上去碎片化无意义的闲聊，可以满足村民情感释放和社会交往的心理需要，让村民枯燥琐碎的日常生活具有了一点文化内涵追求的满足感，他们通过面对面的语言交流和行为互动，完成了社会人与周围环境的融合。由此可见公共空间在农村中起着举足轻重的作用，它既是乡村生活必不可少的交流、议事、情绪宣泄空间，也是乡村文化传播、村民互动的物质基础。公共空间式微和消失，撼动了村民互动的基础，进而相应减弱了村民对社区认同感，减弱了村民间的亲情。这是由于家庭公共生活在萎缩的结果。

学界把乡村公共空间分为信仰型公共空间、生活性公共空间、生产性公共空间、娱乐性公共空间、政治性公共空间。原来农村公共空间通过庙宇、院坝、茶馆、家庙宗祠、集市、红白喜事、水井、田间地头等场地和活动实现了这些空间的功能。但从20世纪80年代以来，日益向乡村渗透的市场经济因素和导致乡村组织权威不断衰弱走势，使得乡村传统公共空间不断萎缩，新的公共空间又没有建立，农民公共生活衰败，严重影响了农村社会秩序。小卖铺自然而然地承担了公共空间的功能，投射出村民对公共生活的渴求。

乡建院在乡村建设实践中十分重视公共空间的建设，认为公共空间可以促进村民对村庄社区的认同感，这是村庄自我组织、自我管理的基础，是兴建公共事业，实现公共利益的物质保证。只有建立起乡村良好的公共空间，再谈构建良好乡村社会秩序才有可能。乡建院在实践中也积累了植入公共空间的丰富经验，针对不同村庄的实际提供不同的解决方案。沙池的设计就是乡建院设计团队给宋家沟村的儿童，给年迈的爷爷、奶奶打造一个充满乐趣的空间，希望打破原本生活的寂寥和落寞，同时希望建立一个亲情互动的温情场所。

乡建院在长期的乡建过程积累大量的经验，对于公共空间的建设，包括村标、村民交流场地、儿童活动空间、协作者空间、村史馆、老人食堂、图书馆、公厕浴室等等。这些公共空间，也是根据每个乡村自身的特点，充分运用当地的材料和元素，使植入的空间在提升村民的精神文化生活的同时，遵从村庄固有的肌理，符合村民的生活习惯，与村里的其他建筑协调，不产生任何违和感。

为优化村庄功能，给村民提供更丰富的公共活动空间，建立村民对村庄的认同感，宋家沟村规划建设的公共活动空间包括协作者之家、巧手坊、儿童沙池、村史馆、文化大院、东村标和三棵树广场、宋水街、宋家大院等，每个都有其特殊的作用和意义，不同的场所活动内容不同，丰富的活动内容让原住民和安置的移民紧密联系起来，重塑宋家沟村面貌，真正由内向外生长，让越来越多的年轻人回到村

庄，老人和儿童得到更多的关怀。现在这些公共空间已成为了村民最喜欢活动的场所，把村民从家门里吸引出来，在宋水街上遛弯、广场上跳舞、三棵树廊庭的长凳上聊天晒太阳、村史馆里找找过去的回忆……

任何一个村庄都需要有村民聚集的公共场所，但这些公共场所不是强行植入的。设计团队对宋家沟村公共空间的植入，是从驻村开始的。通过长时间仔细观察、了解村民生活习惯，并与原住村民交流，帮助原住民挖掘记忆中曾经存在的公共空间，设计师对这些场所给予重笔，并放大强化破坏掉的原本存在的公共空间，为的是唤起村民曾经的记忆，延续村庄风俗习惯，提升整体素质。

这就要说到位于河流交汇处的宋家大院了。古时宋家大院是村民日常祭祀祈求风调雨顺的场所，但经年久失修，已经破败，其功能也消失殆尽。此次建设时，为了恢复原貌，还原宋家沟传统生活模式，特意请来五台山寺庙匠人复建（图5-21）。乡建院在乡村建设中，大量汲取在地建筑手工艺人的精湛技艺，同时注重发挥他们的创作的空间。宋家大院内设置戏台，以满足重大民俗节日演出的需要。施工前，设计师仅提供了建筑整体尺寸进行施工布线，后期建设全部是五台山寺庙匠人按照五台山的寺庙建设方式建造。其中的戏台是仿制王家岔沟域中现存的古戏台建成，建筑型制也参考了原来的戏台（图5-19）。宋家大院整体看起来非常古朴和谐，在游客眼里，宋家大院建筑技术很精湛，包括建筑结构的做法以及建筑用材，建筑色彩都十分考究，使得宋家大院在宋家沟乡村旅游发展中成为厚重

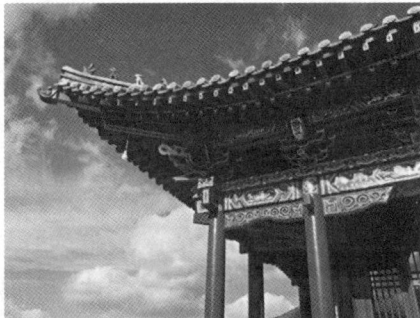

图5-19　按照五台山寺庙做法的大院建筑

的一笔，引起很多注视的目光（图
5-20）。如今宋家大院背倚青山，
临水而筑，建筑风格大气，特殊
的地理位置让其成为村庄最为闪
光的节点（图5-22）。

宋家大院的完美落地，也给
设计团队上了一课。他们充分体
会到，一个从建筑专业毕业的设计
师，可能十几年也不一定能炼就在
地建筑手工艺人对建筑尺度和建
设实际效果的把握。对于设计团
队来说，所谓原址原样的建设方
式某种程度上说就是模拟，模拟
学习在地建筑的尺度和结构，模
拟学习建筑空间。其实创作多是
从模拟开始，当对一个空间完全
了解、烂熟于心之后，才有可能
升华和重塑，形成新的设计。

村庄的形成自古以来就是村
民自发建设的，包括建筑型制，巷
道空间，大多都是以口述传承下来
的建造技术建成的。设计师在从业
过程中了解现代人对空间的使用
需求，也比较清楚设计不同场地的
方式方法，设计师的这些经验与在地

图5-20　远观宋家大院

图5-21　王家岔沟域中的古戏台

图5-22　宋家大院中仿制古戏台的做法建好的
戏台

建筑手工艺人的经验充分结合，才会让当地建筑材料发挥价值，达到乡村设计的完美呈现。在地建筑手工艺人按照以往传统的经验提出的建设方式也会对设计师的设计产生影响，促使设计师对乡村建设不断了解和认识，不断学习和调整。每个村庄的地域建筑特点各不相同，往往设计好一个村庄的建筑就能总结出一个片区的建筑施工图集，为这个区域留下可以传承的建筑技术，不再停留在口述上。在地建筑手工艺人发挥施工主体性能更贴切地表现当地建筑特点，整体建筑会更符合村庄的环境风格。

宋家沟设计团队根据乡村建设实践经验，同时植入引导村民提高生活水平，提升乡村整体素质的公共空间，比如公共浴室（图5-23）。宋家沟地处晋西北，干燥缺水，加上当地村民生活习惯，以及村庄封闭，村民在一亩三分地里转悠，卫生要求低，多数村民一年洗一次澡，或者

图5-23 公共浴室

干脆不洗澡。此次规划中公共浴室作为必要的公共空间设计团队高度重视，原本打算安置在宋家大院对面，由于村民宅基地没有征下来，就建在了的漪岚河边上，但在建设过程中强化风貌以弥补位置上的缺憾。

植入的公共空间与存在的建筑风格统一是保证村庄整体风貌的要求，但在功能上必须考虑不同人群的使用特点，在定义上赋予其新的内涵。对村庄不同人群，尤其是老人和儿童，不能忽略了人文关怀的视角和切实需要，同时要揉进提升素质，改变落后生活习惯，以及激发积极向上思维的元素。

移民安置房规划紧邻老人食堂、兰花花客栈和文化舞台一体的文化大院，就是为了方便移民老人到食堂吃饭，参加文化大院组织的娱乐活动（图5-24），尽量适应新环境，融入新村庄生活中。这个位置安

图5-24 移民安置点

排体现了宋家沟村对新村民的关怀，把移民安置点建在公共空间边，便于他们与村民交流，快速融入宋家沟村，同时丰富移民的生活、扩展他们的视野（图5-25）。

宋家沟村的移民安置房依据每户人口分20、40、60、80到100平方米的几种户型，设计团队做了两个方案，一是同一户型放在一个区域，一是不同的户型交叉在一个区域。经过反复斟酌、再三考虑，设计团队认为，一人一户基本住的都是老年人，设计在一个区域里，存在着风险，一旦有人发生意外，其他老人也难以处理。所以移民安置点的户型是插花式，这样可以解决老人没人照应的问题。了解到移民生活水平不高，收入来源有限，设计团队选择一人一户三户连排共享一个院

图5-25 文化大院，包括兰花花客栈，老人食堂和文化舞台

落，一个厕所的方案，还给每户老人设置了厨房，既解决了冬天取暖，又可以降低他们的生活费用。三个老人在一个院落里，可以互相照应。

东村标广场和三棵树广场是宋家沟的主要公共空间，村标广场作为了宋家沟村品牌推介的主要标志场地，三棵树广场是村中心标志地（图5-26）。三棵树广场原为一处私人宅邸，建筑已经破败不堪，已无法住人，政府对住户进行安置后建筑收储为集体所有（图5-27）。设计团队在前期规划中，梳理村庄街巷空间和绿地空间，发现整个村子没有一个公共空间，无法满足村民对休憩、娱乐的需求，所以将此宅院作为村内广场，保留了院子里原有的三棵树，命名为三棵树广场，寄意是"树人、树风、树德""三树"文明乡风（图5-28）。

图5-26　冬雪中宋家沟村东村标

图5-27　三棵树建设前是一处
村民的住宅

图5-28　建成的三棵树广场

　　而宋水街在三棵树广场前延展，是此次建设设计团队在街上建了
条水渠而得名。宋家沟村常年缺水，此次整治，完善上下水，自来水
是从山里自流引来的，到了村里蓄水点，蓄水点满了又自然流到河里
了。为了弥补岢岚缺水的遗憾，让村庄里的人能在家门口亲水，设计
时特将这部分流失的水引到了街上，水渠设计的很浅，不会形成堵塞
（图5-29）。这个设计既具备景观效果，也能满足平日生活中清洗小物
件，同时可以让孩子们夏日享受戏水的乐趣（图5-30）。

　　乡建院的设计师们在乡村建设中，践行着系统乡建理念，不仅守住乡村原生态构架，还承担着传承乡村风俗，延续乡村文化、提升乡村综合素养，为乡村注入活力的重任。而乡村持续发展工作室团队基本都是年轻人，大多为毕业两三年的景观设计师和建筑设计师，他们来自农村和城市，因为热爱乡村建设而走到一起。虽然团队中没有业内大师，也没有技术高超的大咖、牛人，但团队以其协作精神作为核心竞争力，完美地规划设计建设了宋家沟村。无论什么时候他们都以共同完成项目为第一要务，每个人都以百分之百的热情发挥着自己的特长，配合着团队实现工作快速运转。用他们自己的话说，工作室就是一辆快速奔驰的列车，团队成员如同火车上的每一节车厢，每一个零件，在列车长的操纵下驶向不同的旅程。

乡村持续发展工作室的乡建实践没有厚厚的文本，也没有太多的理论术语，他们用最直观的建筑改造效果，用现场指导施工

图5-29 建在宋水街的水渠

图5-30 孩子戏水

图纸，用最直白的语言在乡村推进一个又一个的美丽乡村的落地。团队负责人彭涛常说，作为乡村建设的推动者和践行人，首先要有随时转变角色的能力，还要具备运用恰如其分的工作方法，才能让图纸、让设想真正落地实施。

宋家沟项目结束后，乡村持续发展工作室的规划师刘凌燕结合团队的工作记录写下这样一段话：

乡村是一个复杂的人情社会，也是一个信息快速公开的社会。设计师进入村庄实地做设计，对村民来说是入侵者，他们会关注我们带来什么样的生活变化。很多时候设计师只能从空间设计层面来满足村民的需求，真正能解决他们关心的利益和心理问题还是得依靠政府。因此，乡村设计师在村庄落地实施过程中仅仅发挥一名协作者的作用会比较恰当。

政府制定的宋家沟村改造和安置政策十分明确，包括危房住户改造补助，特色风貌改造住户补助，无能力危房住户住房补助等，设计师按照这些政策针对不同住户的需求进行设计。所有住户方案的确定，都是需要政府、村民、设计三方在场确定，设计师与村民的沟通非常频繁，因为设计师尊重村民的需求和意见，需要反复沟通和交流。同时设计师也不能全完满足村民的要求，大多数村民会要求房屋或者庭院更大的面积和空间，这些都不是设计师能够明确回复的。设计师在三方关系中需要保持中立和平衡，在政策允许范围内坚持设计效果。村民阻拦施工和临时改变想法是常发生的事情，他们的实际目的无非就是要争取更大的利益，村民的性格情况不一样，所以每次处理的方法也不一样，结果就是要尽量与设计吻合、尽量保持进度。

比如一户特困户村民的住房改造，房屋子在村庄的关键位置上，按照设计方案只做简单的风貌处理，但村民不同意，坚持对房子改建，可他的经济情况又不能负担新建的费用。争持不下，他用树枝把新刷的墙插了个窟窿，以此方式让前来视察的领导关注他的问题。由于该村民的房屋位置特殊，领导注意到了他的需求，经过反复协商，最终还是将房屋改建了。村民很感动，主动将树枝撤出来，还主动邀请本村村民帮忙拆房，以便节约建设成本。

常规的建筑风貌改造由于资金有限，不会对房屋内部结构和屋顶进行整修。改造中，有一户村民强烈要求给自家换墙，多次和政府申述，政府妥协后进行了换墙工程，但是施工过程中墙体与屋顶衔接部分出现了问题，村民又要求对屋顶进行恢复，最后的结果是政府帮助将房屋进行了整体翻修。

在宋家沟村启动建设时，村民们大都采取观望和维持原样的保守态度，我们用最直接的设计方案落地效果来推动项目进行。在宋家沟村设计施工进行了三分之一的时候，就有村民直接找到设计师要求修改门头，而前期调研的时候，设计师曾询问过他是否要换掉白瓷砖按照村庄整体风格进行改造，当时这个村民态度非常坚决地不让改造，现在看到其他村户改造效果不错，又主动要求提出设计师改造。设计师趁热打铁，马上按照原址原样绘制施工指导图，一天不到的时间这个村民家的门头就换了新面貌。

这种动态型改造方式在宋家沟村建设过程中存在很多，可以说是非常规设计方式，没有出具设计变更图，没有甲方确认，仅仅取决于设计师的态度。在宋家沟村的整体工作中，设计师是其中一个工作组，与政府其他机构协同工作，时间紧任务重，设计团队有权利随机应变去把控项目现场出现的临时性变更工作，使问题得到及时快速并妥善的解决，所有这些变动都基于共同的目标——如何实现村庄美丽。当然，之前已完成的三分之一工程面做出了品质和效果，无论是

甲方、施工队还是村民，都已经想到了村庄建设完成后的效果，所以在后期的施工中各方随机调整和配合就很容易达成共识，最终让项目顺利落地。

改造项目区别于新建项目，尤其是整村改造，每一户村民的问题都不相同，乡村设计师需要学会在复杂的建设问题面前抓住重点。前期调研认真仔细，可以为后期施工省去很多的时间和沟通问题，也能给政府制定政策提供详实的资料基础。方案制订以实施和便于落地为宗旨，坚持动态设计的方法，大方案和整体设计确认之后先动手实施，遇到问题现场解决，把实际建成的效果作为说服各方最好的佐证。设计师对施工队的协作作用具体体现在要求施工队按工艺施工，现场有问题及时沟通，与设计不符合及时提供图纸，材料没有或者工艺达不到的及时调整。

乡村设计师在未来的乡村振兴建设大潮中将发挥重要的角色，不同专业的设计师将在乡村这块热土上集结，闭门设计的方式已经行不通了，设计师要立足于村庄实际问题，切实推动村庄建设落地，将"系统建好"，把每一个村庄作为自己的大目标去实践，才能在乡村振兴中有番作为。

五、陪伴着宋家沟的生长

关键词：陪伴　社区营造

　　宋家沟的整体建设中，植入协作者之家是乡建院的乡建的重要环节，充分体现"陪伴"的理念和用心。王志东对此给予高度赞赏，"人生最珍贵的是陪伴。"在建设之中陪伴乡村成长陪伴村民提升素质，陪伴乡村健康发展，这在全面范围内，没有哪个团队可以做到，甚至没有哪个团队有这样的理念。协作者之家既是个植入的建筑，更是乡建院乡村建设理念实实在在执行的实锤。这里已经成为宋家沟村最重要的公共空间，每天会吸引很多的老人、妇女和孩子，老人来这里和协作者们聊天，参与协作者组织的活动；孩子们放学后喜欢来这里写字、看书（图6-1）。

　　这间被誉为宋家沟精神花园的协作者之家是乡建院总工程师房木

图6-1　在协作者之家蹭网线的村民

生设计的。2017年4月初，房木生到宋家沟指导项目落地；他回忆道，"4月中旬，在出差的高铁路上，当时宋家沟项目地的小伙伴时明曦给我发来建设协作者中心的地块航拍图（图6-2），上面标注了尺寸。我在车上，用Ipad开始构思设计。先画平面，然后画立体草图（图6-3）。画完草图，用微信发给时明曦，他用一天多时间建出了模型，再截图发给我看，往返提了两次修改意见，方案就完成了。后来听说具体实施时间很短，两三天就建成了。"

　　1972年2月出生的房木生，是广东连南人，在连南瑶寨吊脚楼里，木头是房子的基础，有木就有房，房和木是共生的，房木生名字因此而来。冥冥之中，这名字竟成全了他一生追求、探索的事业。房木生

图6-2　地块航拍图

岢岚宋家沟 协作者中心
2017.4.17. 木生

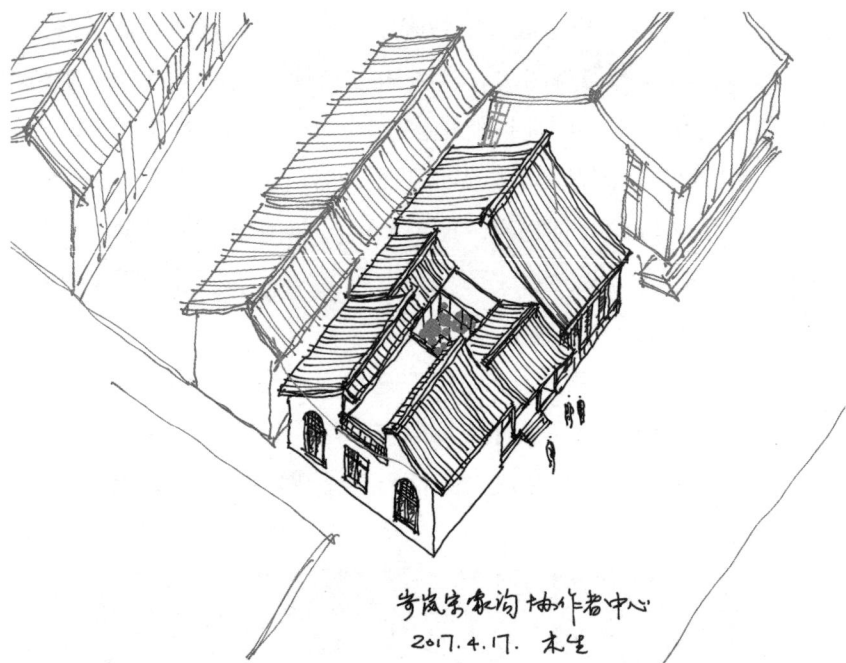

图6-3 设计草图

的设计天赋从小学便露出端倪，那时候他迷上了写毛笔，于是顺其自然包揽了班上墙报设计和主笔，这成为他立志设计的启蒙。1992年房木生考上了清华大学建筑学院，在学习期间，他跟随陈志华、楼庆西等乡土聚落研究的开拓者学习，耳闻目睹，逐步蓄积起为乡村工作的热情和能量。房木生英文名字Farmerson翻译过来刚好是农夫，他又生于农村，所以与乡村也有剪不断的天然联系。房木生到城市后舍弃不了乡村情绪，作为农的传人，他有天生为乡村土地服务的使命。在人与自然共生的理念实践十几年之后，他回到乡村，厚积薄发地为乡村建设发挥着热能。房木生希望能为乡村的开放，乡村的内生动力，乡村土地的增值贡献毕生所学（图6-4）。

图6-4　乡建院副院长、设计师房木生

　　毕业后房木生开始了他的职业生涯，如今他身兼数职：景观设计师、建筑师、摄影师、写作者和插图画作者。作为景观设计师，房木生设计作品有北京中关村东入口景观广场、北京朗琴园、北京运河岸上的院子等；作为建筑师，其作品有福建赵家城保护规划、北京中国文联文艺学校多功能楼、安徽芜湖县政府大楼及广场等；作为摄影师，作品获《建筑学报》第二届全国建筑摄影大赛一等奖，为多家知名设计公司担任建筑景观摄影师；作为插图画作者，他为《中国国家地理》杂志绘制首张《手绘北京城立体鸟瞰图》成为业界的佳话；作为写作者，他多年为《中国国家地理》《文化月刊》《景观设计》等杂志刊物写作。他写的《清华北大风景异》《郭洞——建筑与自然的协奏》等文章，多次被引用，引起较大反响。

　　房木生在火车上完成的设计图，内核是在有限的土地上盖起更大面积建筑的理念，而且建筑只有一层，还要用当地的材料和低技术。所以在设计时房木生首先考虑的是它的经济性。其二考虑如何实现功能完备、空间丰富。协作者之家要满足日常办公、公共接待及多功能聚会，必须具备厕所、门厅、临时住房等空间，所以要求有限的面积上必须紧凑又能独立分开，展现多层次的现代性空间。第三考虑如何让建筑融进当地环境中。房木生采用院落性的布局呼应当地的建筑习惯，用分解式的屋顶样式减弱建筑的体量感，用双坡、单坡、平顶结合的屋顶方式继承当地的传统屋顶文化。在细节上用砖的叠涩、木构门坊，环院回廊，灰砖灰瓦等设计回应当地文化，完成融入。同时，房木生把小内院设计成一个明亮的院厅，其寓意是让协作者中心更加开放，功能更加多重（图6-5）。房木生说，总之，是用建筑及空间语言，体现一种"协作者"应有的态度：多元多功能、谦卑、开放……

协作者之家经过一年来的使用，证明村庄内部迫切需要这样一个相对自由进出的公共场所，由在地社区营造的社工引导村民逐步开展乡村活动，从本质上激发村民的文化精神追求，使更多的正能量文化

图6-5 根据房木生的设计图做的建模

和逐渐挖掘出来的属于村庄特色的传统文化和手艺得到传承。虽然房木生最初的设计设想，是便于乡建院驻地社工开展工作所用，功能上考虑的是工作和居住的融合，但并不影响使用中成为村民自由交流的公共空间，这是社区营造团队入驻后逐步形成的格局。这个实践为社区营造增加了新的模块，一个便于社工陪伴、引导村民的公共空间对乡村的振兴是多么的重要。

宋家沟的"协作者之家"也是设计团队在边规划、边设计、边施工中适时"植入"的公共空间。乡建院在乡村建设实践中，总结出系统乡建理念和经验，即"组织乡村、建设乡村、经营乡村"，都装进了彭涛的脑子里，在他的乡建实践中得到充分运用。组织乡村、建设乡村、经营乡村，需要有人，更需要人才，热心于乡村建设的人来执行，并且是有能力结合随时变化的现实情况来执行。2017年3月刚刚进入乡建院组织结构的社区营造机制可以帮助彭涛解决"谁来做"的问题，更让他看重的是，社区营造可以实现协助村民自己组织乡村、建设乡村、经营乡村，规避"建设者个人的狂欢"，这就是要培养人、人才，以及打造关心村庄建设发展的氛围。这就是彭涛在组织、建设、经营乡村后，提出了治理乡村理念的根据，运用社区营造的工具，完成引导、协助、陪伴乡村逐步整体提升，实现自己管理自己的治理。

"社区营造"在我国近年来刚刚兴起。这个词组听起来既新鲜又陌生，事实上它是社会学范畴的概念。"社区"源自拉丁语，意思是共同的东西和亲密伙伴关系。20世纪30年代初，费孝通先生在翻译德国社会学家滕尼斯的一本著作《Community and Society》(《社区与社会》著于1887年)时，从英文单词"Community"（社区、共同体、社会团体；群落；）翻译过来的。目前学界普遍将"社区"视为一定地域范围内，人们基于共同利益需求、密切交往而形成具有较强认同的社会生活共

同体。从美国社会学家法林顿提出社区发展概念后，逐步出现"社区建设""社区治理"和"社区营造"。"社区发展"概念是指"社区居民在政府机构指导支持下，依靠本社区力量，改善社区经济、文化社会状况，解决社区共同议题，提高社区居民生活水平。"发展到"社区营造"，普遍的解释是居住在同一地理范围内的居民，持续以集体的行动来处理其共同面对社区的生活议题，解决问题，同时也创造共同的生活福祉，逐渐地在居民彼此之间以及居民与社区环境之间建立起紧密的社会联系，此一过程即称为社区营造。

很多研究者都认为这概念最早来自于欧洲，20世纪60年代，西方社会大规模的城市建设带来了城市病，地方自主性减弱、邻里与街区间缺乏关怀，城市发展无序。英国作为工业化最早的国家，首先遭遇工业化带来的诟病。在广泛的社区运动和社会组织推动下，"社区规划"被提出来并受到政府关注，于是政府政策和治理方式逐渐从对建筑物的关注，转向对社区间人的关注。随后，联合国成立社区组织与发展小组，在亚洲、中东、南美和非洲地区推行社区发展运动。

第二次世界大战后日本与欧洲相似，面对高速的经济成长、环境污染、城市病、空心村、城乡差距拉大的问题，受"社区规划"理念的启发，延伸出了"社区营造"，但其真正的发展是在萧条的乡村。20世纪70年代末，著名的造町运动（日本称选町运动，就是造村运动，以振兴产业为手段振兴逐渐衰败的农村。）内容开始扩展，逐渐蔓延到生活各个层面，其定义就是以实现"魅力再生产"为目标，从经济振兴、景观建筑设计，转变为从社区、社会气氛、文化入手的社区行动，自下而上地寻找解决乡村老龄化、人口流失严重、经济衰落问题的具体途径。

同时我国台湾地区也接受了社区营造概念，1968年颁布了《社会发

展工作纲要》，以行政力量为主导，自上而下的推动社区发展。1994年
又调整了治理路径，提出了"社区总体营造"，力图从文化艺术入手，
通过自下而上的社区文化建设来凝聚社区意识、改善社区生活。被誉
为"台湾社区营造之父"的陈其南给出更为贴切的定义，社区总体营
造代表着一种"由上级政府转为地方主导、由官方规范转为居民自律、
由资源供给者出发立场转为生活者出发立场"的思维模式，最关键的
要点是从"自上而下"过渡为"自下而上"的治理。它是以社区共同
体的存在与意识作为前提和目标，引导和促进社区居民参与地方公共
事务、培养公共精神，从而凝聚社区意识；再经过社区自主凝聚的创
造力，塑造具有不可复制性的在地文化特色。

随着国内城市快速发展与乡村振兴战略实施，"社区营造"渐入学
者、业界和媒体视野。当乡村民宿、客栈、酒店、特色餐厅、体验工
坊在全国大地上开花时，也面临着另一个问题：建好的设施谁来用？
谁来运营和管理？是村民自己还是外来公司？这样建成的乡村是属于
城市人的度假消闲地，还是属于村民自己的生活场地？美丽的乡村是
谁的家？这方面教训不少。四川内江人刘钦在外闯荡多年，2013年回
到老家东兴区新店乡创业，开发乡村旅游。圈了3000亩地，一期投入
上亿元搞度假村，2016年开业，每天两三千人来赏花，带动农家乐餐
饮，最旺盛时，进村的路堵车10公里，村民因景区游客如厕一天都挣
到两三百。如今三年过去了，因为资金链断了，刘钦的乡村旅游也搁
浅了，重要的是股东村委会土地流转、员工工资一屁股欠款，3000亩
土荒废等等一系列问题无法、无人、无望解决。乡村旅游植入乡村产
生的投资失败，乡村环境破坏，农民没有得到实惠仅仅是一个类型问
题，还有很多很多。而乡村的"社区营造"本质上不是以投资，创收
为目的，它通过政策引导、社会团体和个人的介入推动村民形成自组

织、自管理、自发展模式，最终激活乡村成长的"内生动力"，让村民用自己的双手和头脑经营家园，同时可以带动乡村旅游，增收致富。

乡建院创建以内置金融为切入点，将乡村分散的经济力量整合起来、用在地资源、协力造屋的共建方式打造乡村，激活内生动力，就是要规避空降，植入的风险，让村民自管、自治、自建、自赢。但是，由谁来协助村民走出共同治理的第一步？谁又能引导村民明白垃圾分类和环境治理的重要？谁来帮助村民学会组织经营？谁来激活乡村公共空间，让村民明白闲置房屋可以改造成既体现地域特色、又能彰显在地文化、还吸引外来客人的场所？为了解决这些问题，让乡村内生动力持续勃发，必须建造社区公共事务的参与平台，形成长效机制。一旦社区自组织得以实现，社区的自我治理和自我发展就不再是空话，社区公共事务自然就可以常态化得到解决。乡建院适时引进了社区营造的机制，组建了协助村民进行社区营造的社工团队，系统性培养乡建实战的骨干人才，终极目的是充分激活村庄内生动力，达到从"自上而下建设"到"自下而上生长"，在乡建院所到的村庄里建设起一个个搬不走的乡建院。

"社区营造"体系分五大类，即人、文、地、景、产。"人"指的是社区居民的需求的满足、人际关系的经营和生活福祉之创造；"文"指的是社区共同历史文化之延续，文化活动之经营以及终身学习等；"地"指的是地理环境的保育与特色发扬，在地性的延续；"景"指的是"社区公共空间"之营造、生活环境的永续经营、独特景观的创造、居民自力营造等；"产"指的是在地产业与经济活动的集体经营，在地产业的创发与行销。显而易见，社区营造的机制，与乡建院内置金融机制一起形成左膀右臂，更有助于乡村建设的持续发展。

一直以来，乡建院强调在地协作者的培养，但是缺少相随相伴，很难实现，因此现状并不乐观。2017年3月，乡建院向全社会发布社会工作者邀请启示：驻村社工计划是乡建院2017年启动的一项重要工作，旨在为乡建院的"未来村制作所"招募、培养一批农村社区骨干。秉承"让乡村生活更美好"的愿景，致力于"未来村"（李昌平普预测，现有的乡村，将有10%会在城市化中消失；60%会凋零，人口逐步迁出；只有30%会保存下来。乡建院对这30%选择性打造未来村样板，既生产、生活、生态共赢，具体体现为我村我素、我村我品、我村我业、我村我家、我村我根。）样板的打造，为乡建事业培养一支"特种部队"。启示说，希望通过驻村社工计划的陪伴，协作在地人才的成长，在当地建设一个"不走的乡建院"。2017年的驻点省份包括贵州、宁夏、甘肃、山西、内蒙古。

招聘信息明确了职业要求，能够全职，不是一时的冲动或好奇的选择，经过深思熟虑之后的决定，需要笃定、全心全意。在农村社区工作更多是要成就他人，所以必须有使命感。乡村生活除了诗和远方，更多的是未知的挑战，甚至要经历不理解和各种挫折，必须树立使命感。要爱学习，社工工作需要很多跨专业、跨学科的知识以及实践中习得的经验，需要具备快速学习的能力、对新事物的好奇心与探究精神，以及独立思考的能力。村庄各有不同，很多需求有赖于自己去发现、面对和回应，自我驱动力必不可少。

乡建院社区营造工作任务是根据乡建项目需求，提供驻村、督导、培训指导，配合规划设计、辅助内置金融团队进行系统性乡建等工作。

很快有愿意尝试挑战的年轻人回应了招募信息，第一期确定了包括具备国际视野、独闯非洲、从事过国际义工的中国台湾80后女孩施盈竹；在城市中闯荡又回归乡村的90后女孩傅艳吉；还有对乡村治理关系、村民实际生活生产问题洞察深刻的90后尤彦兵等在内的6名年轻人。他们接受乡建院专门设立的培训课程，首先来到郝堂，由李昌平亲自授课指导，传授乡建院内置金融理论和系统乡建理念，并通过专题讲座、沙龙讨论、游学、实践操作、在地辅导等形式，接受了社区工作方法、内置金融村社体系建设、垃圾分类、环境教育、自然教育、社区营造、政策法规、传播策划、影像记录等内容的培训。完成培训后，组建成乡建的生力军。目前这个由十几个年轻人组成的代表未来村治理模式的"特种部队"，分散于乡建院的各个项目点，以全身心融入乡村的状态，在日常琐碎的生活中推行着乡建院组织乡村、建设乡村、经营乡村、治理乡村的理念。施盈竹作为社区营造团队的领头人，在贵州桐梓的中关村开展社区营造，和团员们一起以培养在地社区骨干、培育自组织为目标，在实践中探索如何延续乡建的规划设计成果，如何推进内置金融机制持续运转增效；驻村陪伴如何有效地服务乡村、惠及村民；针对"人、文、地、产、景"不同种类的社区议题如何组织活动等。

2017年5月4日，社工智艳和尤彦兵组成一个小组正式入驻宋家沟项目（图6-6）。主要负责协助村庄组建内置金融合作社，并协助其运

图6-6　尤彦兵在和村民交流

营管理。负责在村庄推动垃圾分类及环境教育工作。陪伴在地协作者及社会组织成长发展，做好外部资源包括公益组织、企业资源、专家的对接和协调。同时管理并利用协作者之家为基地开展社区工作，包括策划组织各项活动，如妇女培训、课外教育、冬夏令营、讲座；以及为创意创业提供支持；为村庄发展提供其他需要的协助。

尤彦兵在甘肃定西县贫困乡村长大，他选择社区营造工作为职业，源于他在有限的经历中无限的思考：

"初中以前我的世界就是左右两座山，中间一条沟，这是我熟悉的全部世界。但我对这片生我养我的土地却是陌生的，第一次接触"不忘初心，方得始终"这句话，我在想，初心是什么？是梦想吗？梦想也会改变！是责任吗？一直都没有找到答案。我只能知道现在的生活不是我想要的。

在西藏的一年里，是我的一个梦，骑车、谈天说地、去学校考察、帮儿童辅导作业……在那片圣洁的天空下，一群人诉说着最朴实的追求，我体会到那是蓝天下最美的风景。乡村是一个什么地方？乡村到底缺的是什么？乡村是舒适的度假区，城里人的后花园吗？还是被忽视和遗忘的世界一角？答案注定是多元的，不确定的。因为乡村不是一个刻板的、固定的物体，那是几亿人的生活，几亿人的情感纠葛。

事物的发展换一个角度总会了解到一些不一样的东西。为什么农民忙忙碌碌一年到头，农产品的价格却持续走低？几亿农民工进城打工是城市化的需求？集体经济和个体经营在不同时代背景下会诉说怎样一种内在逻辑？

扶贫扶什么？发羊、发牛会解决村民的问题吗？为什么前脚发的扶贫羊，后脚二道贩子就能收购走？组织农民、建设乡村、经营乡村，这些问题最终会用什么样的方式来解决？答案从来都不是唯一的。

2017年，当时的同事告诉我说，乡建院开始招募驻村社工，你可以去试试。后来了解到乡建院在搞内置金融合作社，我家的村子也有个资金互助合作社，政府放了15万元钱，收了每户300元钱入股，说有贷款需求的时候，可以去贷。后来村民需要钱的时候发现还是贷款困难……

相逢乡建院，我相信答案总会在实践中一步步明晰；驻村社工，也许能让我在工作中找到这些问题的答案。"

另一名宋家沟驻地社工智艳，自称是一个喜欢付诸实践的姑娘，对于知识，对于理论稍有领会，她就想去实践。之前做设计的时候，喜欢植物，她就想开个花店，脑子里就出现一个可以喝茶、聊天、教学、探讨、交流的花店。后来，随着年龄增长，智艳越来越厌烦堆砌的东西，更喜欢自然生长的花。看了塔莎奶奶的花园，梦想拥有一个院落，种满了可吃可赏的植物。她找到机会便去付诸实践，参与了太原汾河湾花境的设计及花展的设计和布展。再后来她做了旅游规划，觉得能了解市场、做好运营，才算是真正的规划师。但是见多了只追求视觉效果的设计图纸，做多了只凭设计师或者当局者个人爱好的规划设计、业态布置，慢慢地她又厌倦了，理由很简单，虽然通过跟踪项目最终可以知道做过的设计是否合理，但要忍受设计什么时候落地的焦虑。

智艳就这样一路走一路摸索，误打误撞地来到了乡建院（图6-7）。

一年后，智艳写道："对于社区营造，乡建院也是崭新的一个尝试，各自不同专业不同背景的人因为乡村情结走到一起，经历了办公室培训、北京辛庄、小毛驴、田妈妈、培田古镇、厦门院前社、南塘民府等地的游学考察，在郝堂论坛之后，我们便踏上入村的道路，我也开始了真正的乡村生活。宋家沟的社区营造就这样在摸索中启程了，我也开始了学着在工作中放下自我，学习与村民沟通、和村民讲道理的技巧，体会那个'刚刚好的度'，这一年是遇见世界与收获认知的一年。"

图6-7 智艳（右一）给剪剪纸
的村民发红包

　　"刚刚好"是乡建院上上下下都会用的词，但如何诠释其内涵？乡
建院昌平工作室总监、原信阳市平桥区可持续发展实验区办公室主任
禹明善说："刚刚好"就是不能过度参与，刚刚好的核心理念是主体
性。做一个合作者，把合作社所有的事情都包办下来，绝对不是好的
协作。做乡村设计没有乡村主体的参与，就是设计师的狂欢，与主体
的协商沟通，设计与使用主体的一致才是好的作品。我们要让乡村的
主体动起来，充分发挥四两拨千斤的能力，尊重主体，尊重生命。他
告诫年轻人，要延迟自我满足，甲方可能会提出很多要求，但不要忘
记核心目标。我们要做刚刚好的设计师、刚刚好的社工、刚刚好的父
母、刚刚好的老师，刚刚好的领导，记住这几句话会受益终身。

　　社工们把握着"刚刚好"，在村里做着事无巨细的工作：引导村
民垃圾分类和环境治理、组织能歌善舞者的文艺活动、协助村两委开
展基础工作、发现村里的能人巧匠、挖掘在地的文化特色、教孩子美
术音乐……与同龄人的职业规划不同，他们回到乡村既是个体在城市
化与逆城市化进程中的差异选择，也是跨越地域、超越家庭与教育环
境，试图将"理想"与"实践"结合起来的身体力行，他们在乡村这

片土地上每个微小的尝试，都有可能开辟出乡村共同治理的新路径。

2017年，乡建院刚刚进入岢岚县乡村建设时，只是签了规划设计合同，在合作中，岢岚县政府十分认同乡建院的乡建理念和价值观，逐步认识到乡建院建设乡村、改造乡村的理念、方法、路径的现实意义。4月初，李昌平到岢岚县给全县上上下下基层干部授课以后，乡建院陪伴式建设乡村理念在岢岚县得到了高度认可，尤其是以内置金融体系完成了组织村民自治自管，合作社有效激发村庄内生动力和自我造血能力后，让岢岚县看到了引导村民改善生活方式、寻找适合当地的产业机会、挖掘乡村传统文化的未来。县委书记王志东很是赞赏，他给乡建院总结了三句话，是一支具有顶层设计的高度；建设具有落地效果和实操性强的特点；特别能吃苦、吃得了苦的团队。建设乡村首先是建设乡村的机制，建立乡村自治、自管、自我发展的体系，这就牵扯到人才的培养，涉及人的转变，人思想意识的转变。县委书记王志东非常赞赏乡建院陪伴式建设乡村的理念和模式，在他看来，人生最重要的就是陪伴，乡建院把这种陪伴用在培养乡村人才，提升村民整体素质，让村民学会自我管理和自我发展上，这对乡村、对宋家沟未来的发展绝对是可圈可点的利好。

到2017年4月中旬，岢岚县政府决定长期深入地与乡建院合作，双方签署了《岢岚县与乡建院战略合作框架协议》，标志着系统乡建理念在岢岚县落地生根（图6-8），也标致着乡建院全县域乡村治理模式的形成。合作领域内置金融村社+联合社体系建设；美丽乡村示范点建设；培训及试验区建设；建立一个集乡村改造、农村互助金融创新、环境综合整治、养生养老、生态文化旅游于一体的综合试验区。其中培养、孵化在地社会组织作为政府的补充，服务于乡村环境、卫生、教育、养老、健康、乡村旅游、城乡互动、返乡青年创业等方面的工

图6-8　签署乡村系统建设合作框架协议

作，这些烦琐的工作大部分需要驻村社工来完成。

然而，智艳和尤彦兵进驻宋家沟开展工作并不顺利。

智艳在日记里记录了当时的情形：

3月底的宋家沟一个热火朝天的工地，5月初就已经基本完工，但还是在紧张地忙碌着，在现场经常能见到县里的乡里的各位领导。对于社区营造小组的到来，他们是茫然的，我们是悄无声息的。面临的第一个任务是到合作社社员家入户调研，培训期间的各种注意事项让我陷入到底带不带图纸，带不带本子，能不能当面记录的纠结当中……第一个棘手的问题是，小组之间的配合，对社区营造工作的理解与认同，同事之间的意见不合。当时的心情是新奇又无奈，对村庄开展工作的新奇，无奈面对的不理解不单单是甲方，还有同事。经常被各种疑问充斥着，然后就是各种计划的被否……

尤彦兵对入村工作的第一印象是，进入宋家沟的第一天，就一个

感受，这个地方经济基础差，乡政府所在地的乡镇就三四家小卖部，没有餐馆，除了乡政府，村里没有年轻人。这个地方的乡镇和很多地方的村庄差不多，面临的第一个任务，是协助合作社去村里入户调查，了解村民需求，填写社员表。面临的第一个棘手的问题，是老百姓总急着想发展产业，调查村民需求的时候，好多问题拐着拐着就拐到赚钱的话题上了。当时很无奈，不知道怎么去回答这些问题，面对老百姓的问题，总是含糊过去，做不到引导话题。当时的心情是两眼一抹黑，尴尬、复杂及忐忑，学到的、看到的方法全都起不了作用。

看到这两段文字，可见社区营造对年轻人的挑战是全方位的，不仅要找到自己在村庄里的定位，学会与村民交流沟通；还有掌握第一手材料，准确了解村民的所想；同时，要润物细无声地把社工的任务贯穿到村庄的每个角落。

对村民来说，外来人要在村里指手画脚总会有排斥心理，而两名社工不说教、不指挥，像是闯入村子里的异形者，整天不是组织开会、教绘画课、就是钻到大爷大妈家里聊天、带着孩子去"拾垃圾"、有时还会与城市里来的人一起谈话，谈论似乎离村民很远、却又很近的话题。

刚开始，智艳和尤彦兵是协助合作社的业务开展。对43户社员进行入户走访，协助乡政府经营意愿调查，对95户村民进行入户调研工作，帮助赵润堂、仁明云、韩石柱、田爱虎、郑仙仙李爱岚、王成虎、李林梅、赵兰成、沈姚付等十几个有经营想法的村民找出路、做策划，帮助弓九其、王鹏程及一些搬迁下来的村民进行乡村建设、发展认知、情感的疏导，初步和村民建立了基本的信任关系。

后来，智艳和尤彦兵又从帮助一个田姓大爷开始社工工作（图6-9）。做什么呢？

他们先对田大爷进行了一次采访，田家是本村老实本分、勤俭持

家、通情达理的人家，也是在
走访过程中为数不多有家谱的一
家，从山东迁来，迁入宋家沟乡
穆家村，20世纪50年代初田大爷
的父亲举家又搬到宋家沟村。田
大爷1951年生，中专学历，经历
了"文革"，爱学习，年轻的时
候教过书，后因养不了家去学开
车，在公社农机站帮开拖拉机来
赚钱养家，一个月25块钱的工资
还有补助，一天5毛的出车补贴
满足全家生活所需。田大妈勤劳
朴实，夫唱妇随，家里很多装饰
都是手工利用废弃物改造的，
就这样精打细算的过着自己的

图6-9 田大爷和他的老伴

日子。20世纪80年代初独立门户，有了自己的临街小院子。整治后，
来宋家沟村的游人越来越多，老两口也琢磨着做点事情，最先开起了
烧烤摊，办起了农家乐，冬天游人渐少了，就在门口卖自己种多吃不
了的五谷杂粮。田大爷以"做好自己的事情，不给他人制造麻烦"作
为为人处世的基本信条，在农村政策向好，多数人还在等靠要的观望
时，田大爷和田大妈已经"撸起袖子加油干了"，烧烤摊、农家乐、小
杂粮……田大爷说过一句话，做事情要做别人没有的，别人有了，我
们要做得比别人优秀。

采访回来，智艳和尤彦兵在乡建院微信公众号上推出了一篇《忠
义之家》的文章，介绍宋家沟的这户老实本分的家庭，他们忠于国家

忠于小家忠于自己，对周边人重情重义。

社区营造就此起步了。田大爷卖的杂粮中有一种叫沁州黄的小米，在选种的时候别人家都不会选择种植。田大爷说，因为沁州黄结出的谷子比本地的种子结的果少，一亩地只有三四百斤，而当地的种子能结到七八百斤；同时它择土性很强，只适宜在山区瘠薄干旱的土地生长，集中在山西晋东南一带。而别处引植，到了下一年就完全退化。但是沁州黄颗粒饱满，色泽金黄、在古代是四大贡米之一，味道香美，而且营养丰富，经鉴定，它所含的脂肪、蛋白质和糖类，都高于普通小米。所以田大爷还是坚持种植沁州黄，他认为宋家沟比晋东南还要瘠薄干旱，只要掌握好其习性和种植技巧是可以种好的。

社工进驻后，帮助田大爷宣传，他的谷子更受欢迎了。但是因为宋家沟就田大爷一户种植了沁州黄小米，本来自产自销的小农种植，产量有限，仅够自己和亲朋好友享用，结果朋友圈一条无心的信息，一下投来几十份订单，先发了一批尝试，反馈更加劲爆，好评如潮。都说比市场上几十块钱买的都好，知道的人开始纷纷囤货。

有南方顾客反应，小米不好存放，建议小包装，这样吃一点开一点。可田大爷觉得现在投入有点过早。智艳他们以乡建院"有乡"平台的名义出资购买了基础设备，田大爷的小米代表宋家沟上了有乡平台。

村民们看到田大爷隔三岔五地晒谷子打谷子，纷纷前来寻问，能不能帮他们卖？田大爷看了这些村民家的谷子质量，问了一系列问题，小米种在什么地方？锄过几次地？谷子在哪里去的壳？打出来杂质、碎米多不多？田大爷问得这么细致是怕别人家的小米质量不过关，砸了有乡的牌子。

后来，社工组织以田大爷为带头人的杂粮小组，卖羊眼黑豆、绿黑豆、红芸豆，有的人嫌又捡豆子又包装还需要快递太麻烦，田大爷听到些风言风语，觉得组织太难，就想回收杂粮，自己卖。智艳耐着性子解释，自己卖会有风险，收回来了，卖不出去怎么办？其实智艳是希望通过小杂粮产销，形成一部分勤劳朴实村民杂粮自组织，共同对接市场，同时相互协助，尝试着解决农产品统销的可持续发展问题。

这就是社区营造要求做的建立村民自组织。现在田大爷已经成为小杂粮组的带领人，不管哪来的订单，都会先找田大爷，田大爷根据订单需要，要黑豆的找有黑豆的人家发货，要羊眼豆找有羊眼豆的人家发货。

同时，智艳和尤彦兵利用宋家沟协作者之家做阵地，把内部空间布置成一个开放的公共空间，为村民营造一个示范性公共领域，作为开展村民培训、交流的场所；并通过协作者之家空间的运营，为村里的儿童提供一个课外活动场地，以小手拉大手的形式活化乡村；还有作为与外部资源对接的一个交流空间，是协作者、在地组织的根据地。一年多来，已经举办多次会议、培训活动，也成为儿童放假写作业，练习毛笔字的地方。

协作者之家的作用还很多。2017年9月9日宋家沟舞蹈队到县里参加比赛，获得了一台放录机奖品，大家热情高涨，社工协助顺势成立了舞蹈队。在协作者之家旁边住的靳焕女负责到协作者之家给放录机充电。靳焕女年轻时候就爱好舞蹈，嫁到宋家沟二十多年，忙完农活家务活后和几个姐妹跳舞，但由于没有场地，跳舞的人也不多，宋家沟整治后，有了广场，她就自愿承担起组织日常活动，负责学习舞蹈、教大家跳舞，还负责下载音乐。靳焕女就这样自然而然地成为培养起来的在地协作者（图6-10）。

为了舞蹈队发展更好，社工们协助当地乡干部联系了从宋家沟走出去的弓明其老师回乡组建文艺宣传队，并积极协调乡政府成立机

制，引导当地干部组织大家定期训练，形成团队。有21位村民自愿报名，现在舞蹈队已形成了固定的组织，经常参加村里举办的活动，到村外参加演出，许多媒体都采访过舞蹈队，为宋家沟村增添了光彩。舞蹈队不仅丰富了村民生活，还增加了宋家沟村的吸引力（图6-11）。

剪纸是晋西北的民间艺术，在宋家沟村周边流传，但是随着社会发展，年轻人外出工作已经

图6-10 靳焕女

图6-11 宋家沟村舞蹈队

很少有人传承了。协作者积极挖掘本土文化，多次与宋家沟乡走道峁村的剪纸艺人张有林协商（图6-12），请他到宋家沟村的巧手坊开展剪纸传帮带，带领爱好剪纸的村民一起创作剪纸作品。协作者们同时陪伴着巧手坊对接市场，针对宋家沟的本土特色打造文创类产品。这样既可以传承本土民间艺术，又丰富村庄生活，同时可以利用手工创收，这样的在地小组会有它自己的生命力。

图6-12　剪纸艺人张有林

　　这里不得不说的还有宋家沟村的"儿童围读社"，以小手拉大手，带动村庄的新气象，这是乡建院开展乡村软实力建设常常用的方法。智艳、尤彦兵组织成立儿童围读社，是希望以固定的组织方式，把儿童聚集一起，通过系列活动，形成氛围，逐步培养他们读书的习惯、养成好的生活习惯，并通过读书学习培养他们的环境意识和观察记录能力。开始成立就有十四五位儿童入社，每周五下午组织活动。小社团活动对家长开放，家长在围读社里和孩子一起接受熏陶，在丰富儿童课外生活时，扩展他们的知识面，还促进了母子、父女、爷孙的情感交流。

　　社区营造团队带头人施盈竹对宋家沟村的社区营造工作开展很欣慰（图6-13），她说，宋家沟村的工作，驻村社工一方面把协作者之家作为村民参与社区活动、访客交流学习的平台，营造从下而上充满社区幸福感的乡建基地；一方面注重社区文化传承、挖掘传统产业剪

纸、协助村民贩售小米杂粮等，通过扶持村民，逐步使村民肩负更多组织、互助、服务村民的工作，也使村民投入更多的感情和承担更多的责任，孵化了村民舞蹈队、手工组等自组织。

习近平总书记来宋家沟村以后，宋家沟逐渐被外界认识，智艳在朋友圈发的宋家沟美照

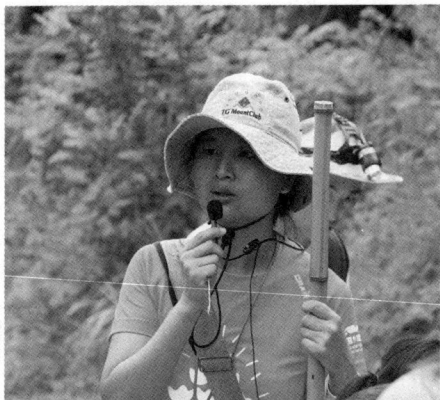

图6-13　社区营造团队领队施盈竹

也吸引了她的朋友们的关注，有朋友提出希望到宋家沟村组织活动，这与智艳的想法不谋而合。于是她和尤彦兵提前引导、培训、组织有意经营民宿的村民，学会如何开展旅游接待，提升村民经营村庄和经营旅游的意识，帮助他们完善提升旅游配套服务。2017年9月18日晚，已报名的经营农户在协作者之家，开展了关于客栈经营的初次探讨，村民对客栈是怎么回事、如何打造客栈、怎样开展经营、乡村旅游模式等了解之后，社工又引导他们明晰合作各方权益，客栈服务标准；分析了接待过程中可能遇到的问题，交代了解决方法。村民接受了建议，六户村民达成统一合作的愿意。后来这六户村民投资安装了热水器，完成了卫生间配套，形成耕读第、温俭居、恭信居、仁德居、智信居、爱民居六间客栈。客栈改造后，宋家沟迎来了首批"国庆庆丰收亲子团"，实现了智艳希望宋家沟村练练旅游接待的兵，试试旅游效果的设想。

后来智艳详细总结了这次活动："第一批三天两晚的'国庆庆丰收亲子团'推开了宋家沟乡村旅游市场的门。宋家沟最佳旅游季在6—10月，这个季节的村庄，蓝天悠悠，白云朵朵，清风凉爽宜人，山上绿意葱葱；农田屋舍有序依傍岚漪河、骡马悠然自得，这山、这水、

这村庄构成了一幅晋西北田园画面。佳亲蓝领巾俱乐部抓住了最佳旅游季的尾巴，组织亲子团，游览刚刚兴建的美丽乡村、体验了农家小院、享用本地美食、领略专业且特色的剪纸课，孩子家长互助过河、爬山刨土豆、下山运土豆、溪边烤土豆；还为宋家沟小学带来了科技下乡课，与本村小孩结对子、互赠礼物等一系列的活动，结营的时候有小朋友都不想回家了。机构负责人张老师说，这次活动对孩子和家长是一次有深度体验和锻炼，对宋家沟的老百姓也是一次有益的尝试。让村民第一次体会到开放了思维，跟上时代，贫穷就不再是亘古不变沉重问题；重要的是让村民理解到思想贫穷才是真正贫穷的根源。"

三天的活动结束了，智艳开始思考："我们可以从有限反馈意见中总结心得，发展乡村旅游，不单单是考虑人气，更多的要考虑撬动村庄旅游产业的势头，及旅游产品的品质，乡村旅游最大的市场是周边游市场。一个小村庄，接待是有限的，资源是平常无奇的，怎么吸引周边城郊的游客，怎么让他们来了不是看完就走，怎么研发适宜当地又代表着当地的旅游产品，吸引更多的人群。必须有人、有示范在村庄内部引领，带领村民发展满足大众需求的旅游业态，在有效组织下，达到供给有效，保障产品质量和服务水平，复游率才有可能提升。什么产业适合老百姓发展呢？就宋家沟而言，首先是食品相关的，原材料、调味料、原始加工、天然味道这是乡村唾手可及的资源，舌尖的中国都是在乡村。其次是乡村生活相关的体验，生产生活的场景、当地手艺手工参与等等，尤其需要深入挖掘、创意和尝试，利用乡村文化资源，将乡村作为载体开发像亲子教育、自然教育、创新教育等更多的衍生产品。"

首次尝试也让智艳留下了许多遗憾："虽然之前做了事无巨细的准备，但还是有不足的地方。比如餐饮，直接委托了商家，如果分到

各户，可以给更多的村民带来机会，也给游客带来更原生态的体验，但就需要提前对有意做餐饮的农户进行组织培训。比如住宿，我们只做了一种模式，其实像独院自住型、和主人同吃同住型，不同模式含带来不同的感受，体验效果也会不同。作为准备打造体验式乡村游的宋家沟，还需要很多客栈主人的联盟，形成固定组织，自我经营和发展。我们也不得不思考在中老年人为主的乡村，怎么更好地执行？怎么去组织经营？什么的模式更适合男性多的宋家沟村？发展旅游，必须从现阶段抓起，宋家沟已经起步，相信独特的宋家沟会是人们争相出游的目的地。"

附：宋家沟社区营造事记

2017年2月，岢岚县人民政府与乡建院签订《战略合作框架协议》。

2017年3月2日，由彭涛带队的可持续发展工作室入驻岢岚宋家沟，开始现场沟通、设计、制图、指导施工。

2017年4月6日，岢岚县在多功能会议室举办了基层干部素质能力提升专题培训，以农村建设与治理为主题，邀请乡建院李昌平院长，徐祥临顾问作专题培训。

2017年4月20日，宋家沟连心惠农扶贫互助专业合作社由村民游存明、李爱岚、王成虎等7人发起。有入社社员53人，入股资金20万元，其中乡贤社员3名，老人社员10名，普通社员40名，全村13户贫困户也纳入合作社体系，由财政专项扶贫资金给予配股入社，其中党员人数7人。

2017年4月21日，岢岚县人民政府与乡建院签订《金融扶贫互助村社体系建设》合作协议，标志着岢岚县在改善硬件设施的同时，借助金融扶贫互助村社体系建设激发村民的内生动力，探索一条可复制可推广的脱贫道路。

2017年4月26日，合作社办理了第一笔互助金借款业务1200元，为社员春耕购买化肥提供资金帮助。

2017年5月4日，社工小组入驻宋家沟，随后签订《宋家沟社区营造》合同，自此，乡建院社区营造团队践行系统乡建理念，开始为宋家沟提供为期一年的驻村社工服务，标志着乡建院系统乡建理念在宋家沟落地生根。

2017年5月17日，前期拜访学校初有成效，宋家沟小学陈校长请我们帮助培训学校的足球队，乡建院设计师杨建飞在工作之余培训零基础的足球小队员，于5月26日岢岚县小学比赛中勇夺第二名的好成绩。为我们下一步开展工作打下基础。

2017年6月17日，开始筹备宋家沟文艺队的活动，第二天便有四五人来报名，6月24日下午3点第一次活动开始。报名21人，实到26人。

2017年6月21日，安排乡建院的工作岗位是村委会西面的"合作社之家"。合作社之家的布展内容主要是岢岚现有的三种合作社扶贫模式。专业合作社+农户、专业合作社+企业+农户、内置金融村社互助合作社，主要呈现第三种合作社的介绍。

2017年6月25日，习总书记视察之后的第一个休息日，宋家沟迎来了第一批观光游客，宋家沟沉浸在一片热情洋溢的氛围当中。

2017年7月初，受乡政府委托做入户调研，了解经营意向。走访百余户，经统计，现经营用户共计12户，新增7户，有意向经营的用户共计11户，经营意向主要为农家乐、餐饮店、手工艺等。调研中发现，本村年轻人在外打工学习者多为厨师，在家老人都希望孩子回来做餐饮营生，但对村庄发展还处于观望阶段，一个是对市场不明晰，另一个是对政府还有更多期望。

2017年7月22日，口述史系列开录，第一位采访人田爱虎讲述透过身边人身边事了解宋家沟的历史。

2017年7月24—25日，青年美术家、策展人唐平及传统手工艺的自由职业者赖萧宁帮助岢岚刺绣传承人韦东梅在宋家沟成立工作室，发展宋家沟手工艺。

2017年8月26日入驻协作者之家办公。空间设置办公区与公共区，公共区可以看书喝茶、组织村民活动、团建。

2017年8月27日，协作者之家迎来第一批洽谈合作的客户"佳亲亲子教育"机构。现场踩点之后，确定十一期间的活动计划。

2017年9月19—30日，社工带着设计师入户、测量、定风格、制作、组织采买、安装、装饰，完成5户的客栈装饰，与村妇女主任为各家示范布草，为游客的到来做好了准备。

2017年10月1—3日，佳亲《庆丰收迎国庆》主题营入住宋家沟。协作者负责接待、导览、对接、农产品的售卖。直接一次性消费7245元，10月6—7日，佳亲老师带家人复游，直接一次性消费1350元。

2017年10月20日，成立儿童围读社，在协作者之家举行了第一期活动。有十五位儿童入社，每周五下午组织活动，社团活动涉及：读书习惯的培养、生活习惯的养成、环境意识的培养和观察与记录能力的培养。希望可以通过系列活动让家长参与。

2017年11月5日，为围读社募捐图书及为围读社儿童建立手拉手通信小伙伴。南京金陵围读社小朋友为协作者之家募捐了109本图书，内容多为绘本、历史书籍，并捐赠500元作为图书储备基金。与南京金陵围读社多位小朋友建立书信往来关系，通过书信往来了解外面的世界，并可以提高写作与思考的能力。

2017年11月，采访走道岇村民间剪纸艺人张林有，并与其多次沟通，尝试打开剪纸市场，出品首批剪纸作品《农民对美好生活的向往》之喜羊羊系列。仅出售一套1200元，张林有分得1100元，协作者之家分得100元。随后，张林有捐出200元作为协作者之家研发产品基金。

2017年11月30日，协助村民田爱虎微信售卖自家产的小杂粮，反响热烈，随后协助有乡打造宋家沟杂粮品牌，推出宋家沟小米、羊眼豆、王家岔银盘蘑菇。为搭建长期有效平台，社工主动与县里各物流谈价格，只有邮政看在扶贫为农的方面给予了最优惠的折扣，除偏远地区外，6斤以内平均8元，10斤以内平均12元。另外要求田大爷物色并组织村庄内品质好且愿意合作网销的农户。

2017年12月21日，岢岚县举办以实施乡村振兴战略为主题的论坛，邀请了中央党校教授徐祥临、中国乡建院院长李昌平、中国农业大学教授朱启臻、河北大学教授杨亚茹、文瀛书院院长卫方正做了专题讲座，并前往宋家沟协作者之家视察，指导工作。

2017年12月29日，在协作者之家众筹火锅宴，这一年辛勤教学的老师、组织者参与活动的大姐阿姨们，各自从家带来了厨具、食材大家分工有序的准备、吃喝并尽兴的玩闹、表演。

2018年1月15日，宋家沟巧手们如期完成160套剪纸。宋家沟的剪纸兴趣小组也在实战之中建立。从构思、寻找素材、方案敲定，到剪纸，充分让参与的每个人都去体会、学习、讨论。

2018年2月15日（大年三十）合作社分红，对80岁以上的老人11人，每人200元。对老八路遗孀1人，每人200元。复转军人，2人，每人200元。对我村有过贡献村干部，每人200元。监事会、理事会，每人300元。入股社员按照年利率5.4%进行分红。

2018年4月2日，宋家沟村民的剪纸进行装框、加工，第一批作品加工完成。村委会副主任李爱岚带头组建宋家沟巧娘手工艺合作社，尚

引枝负责村民剪纸的加工，郑仙仙、任明云负责剪纸创作。

2018年5月22日，县妇联的支持下，宋家沟村巧娘创作小组成立。

2018年6月21—24日，宋家沟村举办乡村旅游季暨AAA景区授牌和乡旅研学基地挂牌仪式。同时，乡建院策划《岢岚—乡村振兴的未来全国系统乡建优秀案例邀请展》。

附1：社工，我们在村里怎么做？

作者：尤彦兵

社工，社会工作者。现在很多服务机构里的社工主要是针对特定群体，通过一定专业技能或者整合相关资源对服务对象进行干预，达到改善某一状况的目的。乡建院的驻村社工更多强调的是社区营造的概念，就是通过梳理社区资源，调动社区村民参与积极性，共同解决村庄发展中遇到的各种问题，从而使社区居民具备解决村庄发展问题的能力，并起到对村庄持续发展的推动作用。

不管是何种类型的社工，在一个社区能发挥的作用往往依托于社工自身对社区资源的调动和对服务对象的理解。以乡村社工为例，如果一个社工对村庄有深刻的认识，并了解村庄发展的客观规律，再整合一定的资源就能够发挥强大的助推作用。如果了解儿童，整合教育资源，就可以提出针对留守儿童的建设性意见和干预措施；如果了解妇女，知道她们的所需所想，再整合妇联等资源，就能够把一个村庄的妇女组织起来，让她们在家庭、孩子教育、尊老爱幼等社区文化培育中起到带动作用。

社工，我们在村里应该怎么做？

作为一名驻村社工，我想首先要明确的是现有村庄的管理体系和大部分村庄的发展模式。先从认识、了解、读懂村庄开始，才有可能具有针对性的为每个村子提出合适的建议。

对村庄的管理体系，乡建院提出了两种不足，一是组织无效，一是金融无效。这是目前乡村普遍村庄的深度问题，我想就村庄组织和村集体经济两方面试着谈谈自己的看法。我们都知道要做成一件事要有钱和权，村委的权掌握在谁手里呢？是村主任手里吗？是村书记手里吗？我观察，在岢岚县大部分乡村的权力是掌握在乡镇政府手里的，在宋家沟村两委所做的就是配合乡政府的工作，整理贫困户资料，筛选精准扶贫户，上报相关资料等。这里面有个现象就是乡政府交代的任务越来越多，而村两委对于村庄发展的思考和行动越来越少。这样的情形下，要激发村民内生动力，最大的一个挑战就是把一个被动完成任务的组织改建为一个主动积极谋求发展的组织。再说村委的钱，村委的钱从哪里来？现在村里的资金都是政府承担的，每年定期会转移支付资金，用于村庄的发展。为什么由政府来承担，原因就是村集体没有经济来源。由此可见，村委的钱和权都是政府来解决的时候，村庄的发展就是政府想要的发展，而村民的需求就是政府想要的需求，村两委是被动地接受，在配合完成的上传下达中体现存在感。

对现有村庄的发展模式，在我看来，一个村子的发展莫过于村子变漂亮了，村民收入增加了，村子风气变好了。简而言之就是三块，村庄基础设施建设、村庄产业建设、社区服务建设。一是村庄基础设施建设，现在大部分村庄依托于政府投资，结合政府乡村建设项目，出现一批美丽乡村，其基础设施完善，村容村貌整洁。二是村庄产业建设，村庄产业建设和村民收入挂钩，和政府的扶贫工作结合，推动了一批企业带动农户的发展。政府通过整合扶贫资金，整合村庄资源，引进企业资本，承诺给村民分红，村民到企业打工，这种模式优

势是周期短、见效快，操作便捷。缺点是盲目投资、村民技能没有提高、企业资本赚取政策性资源等。三是社区服务建设，村委的工作是和党建工作结合在一起的，党建工作由于经常性提交资料，鲜有时间与村民交流，工作内容也难以与日常生活紧密结合。

针对此状况，驻村社工应该怎么做？开始工作之前最重要的是什么呢？要坚定我们的工作目标是什么？明确我们的工作能为村庄带来什么？

乡建院社区营造的目标是，村庄组织供给有效，金融供给有效，达成村集体有经济，有能力带领村庄发展。所以我们的工作就是要传达、树立助人自助、成人达己的理念。作为第三方迟早是要离开的，所以我们的一切工作都是为了调动村民的自主性、激发村民内生动力，留下一支懂农业、爱农民、建农村的乡村建设团队。

怎么去建这样一支团队呢？社工应该强调参与式工作方法，发动村民一起去解决村庄发展中的问题。从具体工作实践中，我体会，一是本村村民能做的，本村村民优先做；二是本村村民做不了的，外村村民优先做；三是村民做不了的，引进外部力量做。这样即保护了村民对村庄事务的参与性，引进外部力量又不会和本村村民产生矛盾，既调动、保护了村民积极性，又推动了工作的开展。

这支团队在村庄做什么呢？根据乡村发展的基础设施、产业发展和社区服务三个内容，基础设施建设这部分基本有政府投资建设；产业发展是村两委主要负责引导；社区服务要发挥村民自己的力量。因此，具体工作中根据村两委、社区骨干和政府在村庄话语权的多少来权衡（附图1-1）。

社工进入村庄工作时，不管是协助合作社发展，还是开展村庄社区服务，都会涉及产业发展问题，社工要针对社区服务为主要工作，如果政府或村两委意见明确要求，可协助进行部分产业相关工作。

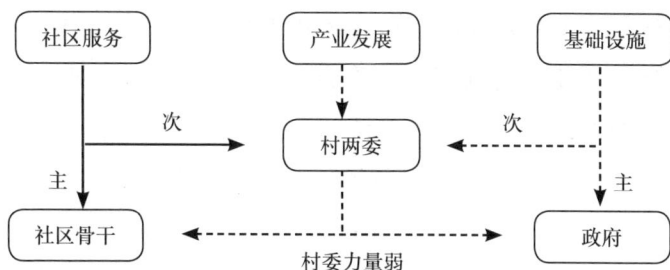

附图1-1 乡村结构发展图

对社区服务，我认为，目前农村老龄化、人口流失等问题突出，社区服务组织缺乏导致的这些问题越发突出。进入社区第一步，要梳理社区资源；第二步，寻找低成本工作切入点，和村民建立信任；第三步，在工作中寻找社区骨干，培育社区自组织；第四步，逐渐撤出项目地。

首先是梳理社区资源。当我们进入一个社区的时候，首先会有一个第一主观印象，接下来会逐步地熟悉社区的人、文、地、景、产等。根据社区的情况制定下一步工作计划及可能达成的目标（附图1-2）。

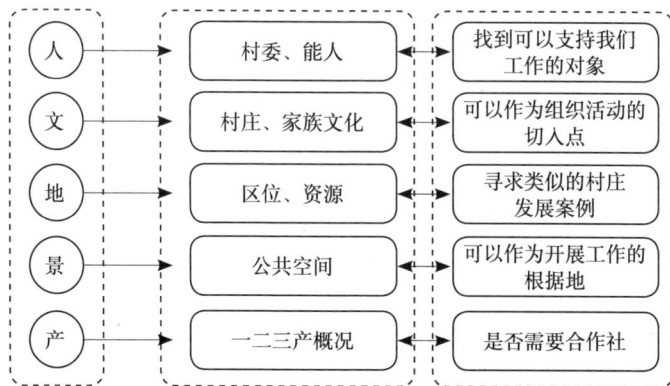

附图1-2 社区资源及未来目标图

寻找低成本工作切入点，和村民建立信任。什么是低成本工作切入点，是和村民没有利益关系、需要活动经费少、容易和村民混脸熟的活动。一般以组织妇女、儿童活动为主，妇女和儿童参与性较高，通过他们可以在村子里面获取一定的身份标签，快速了解村庄。

在工作中寻找社区骨干。了解村庄发展后，以村庄现有的条件，有针对性地组织一些活动，进而发展社区骨干，加强他们在村庄的话语权。具体工作中以"公共空间+兴趣小组"方式开展，即把某一公共空间赋权给某一兴趣小组，通过兴趣小组的发展培养小组带头人。若干个小组带头人组成村庄社区团队，协助其自主解决村庄问题。

找到社区骨干后，随着他们的成长，逐渐强化"离开"的概念，培养他们自己寻找解决问题的方法的习惯和能力，最后达到村民可以自主运营的目的。

每个村庄都有自己的特性，难以以某一种工作规划或者方法指导或复制于所有村庄，可以复制的是，结合村庄自己的优势，按照生产发展、生活富裕、生态良好的目标走，每个村庄都会有自己的风景。

2018年8月29日

附2：在宋家沟驻村的日子里

作者：智艳

　　宋家沟，山西晋西北忻州市岢岚县的一个贫困村，户籍人口471户1056人，是岢岚县2017年首批完成易地搬迁的村子，承接了周边20个村145户265人的易地扶贫搬迁安置。搬迁下来的大多是因老、病、残，而丧失劳动力的贫困户。宋家沟首要任务是脱贫。

　　在农产品过剩、产品需要升级但消费又在降级的时代，贫困村的农民能做什么？有山有水有田有舍，回归田园，守好自己的一亩三分田，经营好自己的日子，也是一个策略。俗话说"你若盛开，蝴蝶自来"，村庄也如此。

　　2017年乡建院先后承接了宋家沟村的村容村貌改造及移民房的建设设计项目、连心惠农互助合作社的筹建项目及社区营造项目。2017年5月，社区营造引入项目中，我作为乡建院的一名社工进驻了宋家沟村，此时的宋家沟村，整个建设已经完成，合作社刚刚成立。

　　进驻一年，虽然时间很短，但对社区营造这个新生事物来说，积累的点点滴滴都是日后可以借鉴的经验。

　　1. 宋家沟采用的工作方式是驻村陪伴。现在看来，进入一个村庄最有效的方式是督导加驻村陪伴，督导在前期首先是可以与政府及各方之间协调好关系，打好有效的工作机制基础；然后是找出问题，提出驻村工作方案，与政府相关领导进行讨论，之后可以离场，远程督导，由驻村社工实施。这样可以把"党建引领"发挥得更充分。一年的工作当中，对于政府而言我们更像一个自由组织的进入，虽然有合作，但是不深入。

　　2. 驻村社工主要面向基层与村民，具体活动设计、宣传发动、组

193

织实施、总结发布。在具体工作的过程中了解村民、村庄及各方使用者的需求，从而发现新的项目。在一个个项目中发掘乡村能人、激发能人对于村庄主人翁的意识及唤醒骨干们对美好生活的追求，加持追求美好生活的动力，培养能人能组织村民一起解决自己的事情，从而达到共建、共治、共享的村庄自治效果。

3. 在工作中挖掘乡村在地文化，梳理资源。一个是恢复乡村自信，另一个可以找合适的资源做产品研发，从而带动乡村的产业。比如宋家沟刚刚起步的剪纸及旅游，宋家沟因生态良好很适合亲子项目体验与夏季度假。

4. 建设未来村，共创新生活的过程，不是一蹴而就的，在地的陪伴因实际情况不同少则一年，多则三四年，不论多长时间的陪伴，驻村工作路线应该是系统的。一步走、两步走、多步走该怎样谋划，之间又该如何衔接呢？但有一点是确定的，不同特长、不同背景、不同专业的工作人员，都应该放下身段，降低目标，随着村庄的水平布局的步骤和节奏。

5. 驻村社工与内置金融合作社之间的关系。内置金融是系统乡村的灵魂，驻村社工首先是懂内置金融的社区营造工作者，这是与其他组织的社区营造最大的区别，应该懂合作社的建立及运作，了解内置金融原理，帮助合作社骨干熟悉业务，并能发动骨干去了解社员需求，帮助社员解决生产、生活所需问题。

6. 社区营造是一场党建引领，却又"自下而上"的运动，在改革开放、经济发展40年之后，在城市化过程中乡村出现老龄化、留守儿童、食品安全、社会保障等一系列问题已经严重影响这社会平衡发展，所以这场自下而上、倡导回归正确价值观、处事守则的运动，已经不仅仅是乡村的独立行为，通过乡村建立公平、公开、共享的自治氛围，实现全社会的平衡、稳定健康发展。

7. 关于宋家沟社区服务这一部分，可以与政府共同尝试创新社会保障兜底扶贫的方式方法，怎么服务好因病丧失劳动力的贫困户，还能减少或利用好这部分政策资金。

8. 关于宋家沟组织经营这一部分，希望可以继续尝试乡村旅游的探索、剪纸产品的研发、生态农业的倡导。

2018年9月4日

六、延续宋家沟的模式

关键词：县域 文旅大势

　　智艳和尤彦兵利用宋家沟村整治后形成的特色风貌，组织村民积极尝试乡村旅游，是有政策依据的。2015年，中共中央、国务院发布的《关于打赢脱贫攻坚战的决定》中，指出要"依托贫困地区特有的自然人文资源，深入实施乡村旅游扶贫工程。"2016年9月，国家旅游局会同多个部门联合发布了《关于乡村旅游扶贫工程行动方案的通知》，力争通过发展乡村旅游带动全国25个省（区、市）2.26万个建档立卡贫困村、230万贫困户、747万贫困人口实现脱贫致富。并要求科学编制乡村旅游扶贫规划，与县域乡村建设规划、易地扶贫搬迁规划、风景名胜区总体规划、交通建设等专项规划有效衔接，探索"多规合一"；要求加强贫困村旅游基础设施建设，完善乡村旅游服务体系；大力开发乡村旅游产品，开展乡村旅游扶贫公益宣传；加强乡村旅游扶贫人才培训。

　　与其他扶贫方式相比，旅游扶贫具有强大的市场优势和巨大的带动作用，可以迅速使贫困地区群众脱贫致富。因此国家旅游局将2018年确定为"美丽中国—2018全域旅游年"，国务院办公厅随即印发《关于促进全域旅游发展的指导意见》。

　　但凡深度贫困村庄，要么没有资源可以依托，要么是资源没有充分挖掘。易地搬迁扶贫不论是整体搬迁，还是在原址上开发改造，最为重要的是深入了解认识每个村庄的资源禀赋，挖掘村庄原有的特点，加以放大并充分发挥这些特点的长效功能，以切实增加农民的收入。建设宋家沟村的初衷是易地搬迁、精准扶贫和美丽乡村，设计团队在规划前就树立乡村发展的意识，考虑到宋家沟村是宋长城必经之路，至王家岔村沿线的口子村、寇家村、房底村都是国家旅游局的乡村旅游扶贫工程，所以将"旅游+"的发展意向融入整体村庄改造建设过程中。首先体现在对宋家沟村的地理位置的考虑，宋家沟位于王家岔旅游景区的主要出入口，在满足近期村民居住需求时，村庄整体规划设计兼顾到满足远期旅游服务为目标，功能布局上也结合旅游配套服务的需求，如将汽车站改造成旅游服务中心（图7-1），村庄风貌整体改造，重要景观节点的设计，如岚漪河两侧，公共浴室和公厕的景观性建筑设计，房屋内部结构的弹性设计改造。村庄的街道景观细节处理较一般型村庄改造更精致，设置了多个景观节点便于游人停留。村庄的业态分布上，为游客吃住行游购预留了空间，并为后期旅游发展的文创产业预留了空间。

其次体现对村庄远期定位上，以发展沟域旅游和候鸟式养老产业为主的旅游服务型养老示范村，从村庄整体设计上体现了对老年人的关怀。比如在安置住宅设计时，考虑未来村庄旅游发展的需要，将60

图7-1　在宋家沟村原公共汽车站建起的宋家沟游客自助服务中心

平方米和80平方米的安置房设有单独开门的房间和单独的厕所，居住在里面的老人可以开放一个房间做经营，获取额外的经济收入；厕所采用的是马桶，更适合老年人使用；20平方米的安置房屋是一人一户老人居住的，在设计时将20平方米的户型和其他40平方米80平方米的交叉安置，主要考虑的是老人生活的安全性和预防意外发生前的邻里监护，同时还考虑到便于老人与他人交流。

从旅游的角度，所有的设计都为未来更多的游客进入宋家沟预留了空间和场地。设计团队对塑造宋家沟村整体品牌形象尤为重视，包括村庄LOGO、村标、旅游指示牌、街道家具等在内的系统硬件设施，整体设计，统一标识，全面树立宋家沟村的直观品牌形象，烘托宋家沟的特色文化环境氛围。比如剪纸，制作寒燕面食、杂粮面食等产品，深挖宋家沟村风情明信片、充满文创意念的杂粮包装。连同习总书记来到宋家沟、77天建成的宋家沟、易地搬迁精准扶贫的宋家沟都设计成旅游资源的内容，还有村史馆、文化大院的展示、宋水街的来历、协作者与村民的点滴等，小小宋家沟调动所有的人文资源，形成不同的切入点，目的是吸引不同的旅游群体，随着进入村庄之后，可以真切感受到旅游的价值。

对宋家沟至岢岚入城沿途的12个村庄的综合整治，因是出入县城到宋长城景区必经之路，要求和宋家沟村同步完成（图7-2）。为快速推进项目落地，设计团队针对村庄原始建筑风貌特点和宋家沟村风格，采用了"统一+特色"的方式建设每个村庄，整体风格与宋家沟村统一，每个村又有各自的色调以及局部特色景观，这样的思路保证了设计质量，也保证了工程进度（图7-4、图7-5、图7-6、图7-7）。村标作为13个村庄的主要设计节点，村庄之间的道路两侧建筑和景观为线性空间，整体构建岢岚景观沿线区域（图7-3）。公路两侧风貌改造以

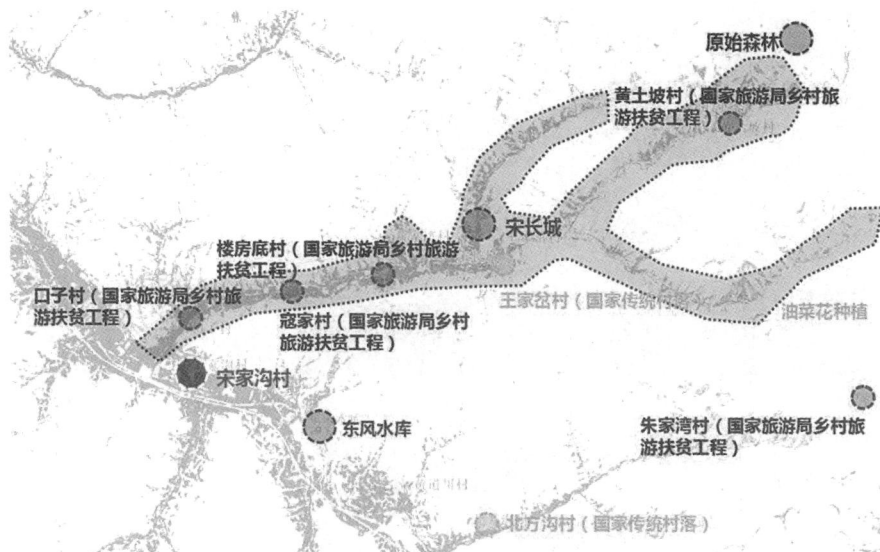

图7-2 宋长城沿线示意图

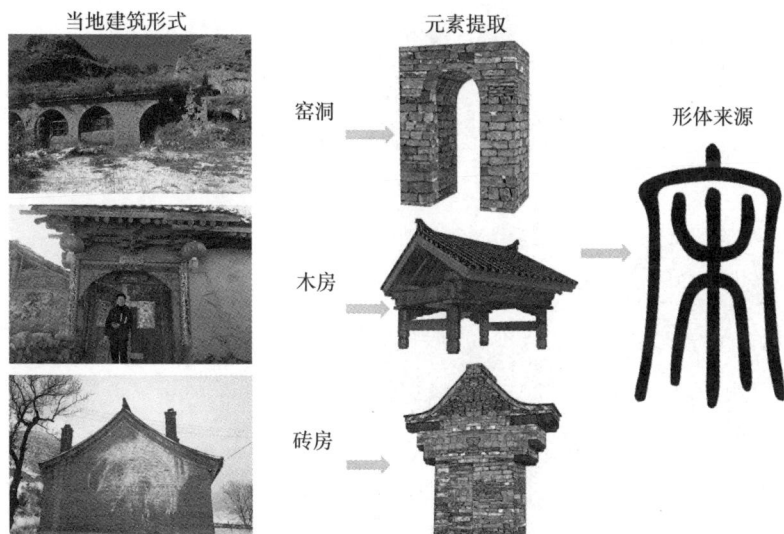

图7-3 宋家沟村东村标设计构思

图7-4　高家湾原始地貌航拍图

图7-5　铺上村沿街建筑风貌

图7-6　乔家湾整村建筑风貌

图7-7 五里水沿街建筑风貌

图7-8 宋家沟村东村标模型
效果

外墙颜色和建筑精细度体现外围乡村向城关村递进的趋势，直观表现
乡土向现代的时空过渡。村庄内部，对村委会大院、村民聚集场地、
儿童活动场地、村庄主要出入道路两侧建筑整治、垃圾收集、厕所改
建、水电等基础设施改造、道路提质、河道生态处理、房前屋后卫生
统一治理。

　　作为重要建设节点的村标，在13个村的主要出入口树立，如果说
宋家沟村的村标设计是设计师的充分思考，那么沿线12个村庄村标设
计就是团队倾注了心血的见证（图7-8）。

附：设计团队对《标识设计在村庄建设中的品牌塑造作用》的思考

标识在形象确立过程中是品牌在视觉和语言上的表达，对品牌起着支持、表达、传达、整合和形象化的作用。中国自古以来的村庄出入口都会有村标，但在城市化进程中，村庄已被城郊同质了，有些古老的村庄标识也消失不见了，我们只能通过地图或咨询当地人才知道村庄的名字。因此，乡村振兴过程中重新定义村庄的品牌非常重要，不仅是通过特色村庄产业形成品牌，而且完整的村庄标识识别系统更是直接对外推广形象的第一要素。

完整的村庄标识识别系统应该包含两部分内容：首先是村庄硬件设施，具体包括村标（图7-10、图7-11、图7-12、图7-13、图7-14）、

图7-9 宋家沟村西口村标

图7-10 牛家庄村标

图7-11 乔家湾村标

图7-12 西会村村标

图7-13 柳林湾村标

村庄LOGO形象、村庄景点指示
牌、旅游导览图、强化村庄品牌的
街道家具；其次是村庄软件设施，
具体包括如工作证、信封、文件袋
等村庄办公系统设计，如利于村庄
形象推广的招牌广告、灯箱广告、
候车厅广告等户外广告设计；如管
家服务、早餐定制、统一住宿服务
等村庄特色服务。

浙江的乡村建设走在全国前
列，每个村庄都有村标设计，村标
已成为了村庄展示自身形象和历史
文化的标志，也能增强村民的凝聚
力，激发村民热爱家乡的自豪感。

图7-14　砖窑村村标

但在考察调研中我们发现，完整的村庄标识识别系统在国内农村普遍
不常见，大部分可见的是村标，村庄景点指示牌以及旅游导览图，实
践中发现主要是：

1. 村庄建设的设计团队主体是规划专业或者建筑专业，更多侧重
于村庄未来规划和单体建筑的设计，村庄村标等标识系统多归于艺术
设计专业，在村庄建设过程中，标识系统一般是村庄建设发展到一定
阶段后的高附加值产物。

2. 村庄品牌形象设计同城市品牌设计一样，专业性程度高，需要
将村庄整体策划和未来规划进行结合，提炼出对外推广的村庄品牌。
而区别于城市的是，农村地区的建设管理目前并不完善，大部分处于
村民自主建设，缺少将村庄整体策划、规划、建设、品牌一体化包装

的设计体系。从村庄开始进行改造规划设计到村庄建设落地本身就是一个比较漫长的过程，建设成熟到品牌推广也将花费较长的时间和一定费用。

村庄的建设是一个综合的系统，目前村庄存在一系列问题如垃圾乱堆放，建筑建设风格各异，公共场所缺失，基础设施滞后等急需解决，在设计解决当前问题的同时需要注重明确定位村庄未来的发展，超前规划，围绕村庄的定位设计村庄产业和业态，具体落地的建筑和景观设计更需要有扎实美学基础的艺术设计专业人员加入设计团队。一体化村庄建设团队至少需要包括以下6种专业人员：策划、规划、景观园林、建筑设计、市政设计、艺术设计，这对于快速提升村庄整体建设品质有至关重要的作用。

村庄标识识别系统在近期村庄改造建设阶段主要集中在硬件设施，远期村庄产业发展阶段更集中在软件设施。区别于精品的品牌形象建设，村庄的标识识别系统重点是加强标识应用规范的一致性，同样能增强标识形象的独特性和易识性。让村庄无论什么时候都带有村庄LOGO，会让人习惯性的记住这个村庄，留下深刻的印象。

建立整体的标识识别系统：首先设计出整体标识系统中有共性特征的主体形象，再以主体形象为基础，搭配具有个性特征的辅助图形，共同构成整体识别系统。

以宋家沟近期村庄改造建设阶段的村庄标识识别系统硬件设施为例：

宋家沟村临近宋长城，古时由于宋家军的原因改成了宋家沟的名称，村庄内地方建筑可利用的元素比较多，在挖掘村庄特色建筑风貌时着重抓住如何体现宋朝书风尚意的文化特点，凸显出标新立异的态度。建筑整治中在保留建筑原结构基础上融入地方建筑元素，在整体

村标设计和导览系统中挖掘"宋"字在宋代小篆的书写，体现随意灵活的生活状态和创新开拓的村庄发展思路。

宋家沟东村标广场是整体村庄设计的点睛之笔，利用场地低洼的特点，设计了一个高达13.8m的村标构筑物。宋家沟当地不同时期的建筑分为3种类型，窑洞、土木、砖；从这三种类型中各提取一种元素进行组合，结合小篆宋字得出村标形体，寓意不忘过去、实干现在、憧憬未来，一步步过上幸福美满的生活。周围点缀的石盘和碎石肌理体现的是历史漫漫长河，时光流逝。小篆宋字是宋家沟村整体标识系统的主体形象。宋家沟村名的宋代小篆的书写，既体现了宋家沟与宋朝的历史关系，又反映了村民向往自由的生活追求。

西村标以东村标小篆宋字为基础进行元素的简化和个性设计，艺术性地展示了宋家沟村的建筑立面（图7-9）。

村庄LOGO，简单的建筑屋顶形态体现宋家沟村有山有水有人家，是岢岚山村形象的缩影；

村庄景点指示牌，同样随意潇洒的建筑元素与整体的标识系统产生统一，指示牌上涵盖重要景点分布导览和村庄LOGO。指示牌分布的位置位于村庄的主要街道。强化品牌的街道家具，包括垃圾桶和路灯。路灯分成两种，一种为直立路灯，灯柱采用古朴的黑色，类似建筑结构的柱头和灯箱的"宋"字都形成村庄重复的标识系统；一种是旧村挂在门头的灯箱，和重复出现的红灯笼和红旗一起营造出旧村祥和的气氛。垃圾桶的形态延续了村庄LOGO的建筑屋顶，木头制成的垃圾桶同样也体现了古朴的特点。

设计团队挖掘出宋家沟村特色资源，并在建设中放大特色，使之成为村庄的亮点；同时兑现了设计团队对远期产业发展的考量，规划了宋家沟村一二三产业发展布局，并在内置金融社机制的运营下，第一产业根据村庄现有的大棚种植，远期进一步增量大棚经济和庭院种植经济，增加粗粮加工体验和土特产销售等品种，尽快形成村庄规模化经营。第二产业根据远期村庄定位，引导农产品加工转向文化产品加工和农副产品体验发展，如剪纸、杂粮装饰画、羊衍生制品等。第三产业充分借力宋长城、荷叶坪草甸的旅游资源和岢岚独特的气候条件，发展以团城子村火箭基地为主的军事旅游、以王家岔村宋长城遗址为主的古长城旅游、以荷叶坪高原草甸为主的清凉度假旅游，以宋家沟宋朝军队驻扎地为切入点的乡村旅游等旅游产业、发挥旅游集散功能，加强交通转换、特色商品销售、团体民宿服务、餐饮服务等，加快村庄自身旅游导览系统建设。

2018年6月21～24日，在习近平总书记视察周年纪念日这天，宋家沟接过来AAA景区授牌，开启了旅游脱贫之路。短短的几天活动，小小的宋家沟接待了近四万的游客，收入17.6万元，贫困的宋家沟尝到了旅游致富的喜悦。在宋水街住的王洪斌夫妇一直在太原打工（图7-15），做家具修复，一个月可以挣到8000多元。宋家沟变样后，他们带着儿子返乡，在家门口做起了小生意。一边陪伴父母，一边养育儿子，天伦之乐融融。2017年7月到年底挣了一万多，虽然没有在太原挣得多，但他们坚信宋家沟会越来越好，日子也会越来越红火。因为他们已经敏感地发现旅游大势正向宋家

图7-15　王洪斌夫妇在宋家沟周年纪念日活动上卖炸土豆

沟走来。

王洪斌的判断没有错，岢岚古城恢复和宋长城建设的"一体两翼"乡村文旅构想已开工实施，岢岚打造的文旅1.0版，即"无中生有"开始收效，年内实现游客人数超过10万。随后岢岚还将继续打造2.0版、3.0版的文旅模式也将迎来超过10万人次以上的旅游旺季。

不谋万世者，不足谋一时；不谋全局者，不足谋一域。在国家进入全域旅游的大背景下，岢岚县依据县域乡村建设规划中人口状况、交通便利程度、特色资源，分轻重缓急谋划乡村的整治，设计团队以一站式村庄品牌建设模式先行建设宋家沟村，并完成了宋家沟周边12个村的全面整治。王家岔村因宋长城旅游资源，被确定为岢岚县重点旅游整体开发项目，整个建设放在了宋家沟试点成功后。设计团队对王家岔等9个村庄的设计，充分借鉴宋家沟村及其周边12个村的设计建设经验，以古军事文化为设计核心，重点强化宋长城旅游资源，强化沟域旅游型特点，同时结合高山草甸自然景观资源配套旅游设施和基础设施，确保规划"以宋长城保护、开发为龙头发展全县文化旅游产业"的设想落地，让"好地方"岢岚的声誉在全国响起来（图7-16、图7-17、图7-18）。

图7-16 团城子村村口广场改造前/设计图/改造后

图7-17 团城子村商业街改造
前/设计图/改造后

图7-18 正在施工的村口广场
附近风貌改造

因此，如今的宋家沟村既是成果更是开端，从宋家沟起步，岢岚要全方位打造沟域旅游。

沟域旅游型村庄重点是将单个村庄作为整体沟域的旅游驿站进行设计，开发特色产业，形成全方位、系统的旅游路线。王家岔村作为主要的游客服务中心村，承载着目的地的旅游服务功能。设计团队进入王家岔沟域之初，感受到沿途一个个质朴的村庄，靠南侧的旅游公路分布着很多精巧的建筑工艺，展现出具有传统风貌村落群的魅力，也为王家岔沟域设计提供了有价值的借鉴。所以整体风貌改造上深入分析当地传统民居建筑的侧墙、门头、门窗、屋脊、围墙等建筑构件的特点，以构建岢岚山区丰富的建筑风貌。对沟域内的闲置房屋，进行全面改造，为更远期的旅游发展储备，利用王家岔的特色景观资源和独特的气候吸引客群居住。

设计团队认为，旅游型村庄建设内容分为民生工程和旅游工程两类，一般村庄的民生工程涵盖整村的风貌改造，给水排水电力设施，道路绿化，浴室公厕；旅游工程如普通旅游服务村，包括农家乐、驿站、停车场和小型景观设施。王家岔村作为重点旅游服务村，也和宋家沟村一样是乡政府所在地，民生工程和旅游工程更全面，民生工程包括商业、安置房、政府公建房改造；旅游工程包括特色小吃街、星级酒店、水系景观、宋长城广场等一样不能少（图7-19）。

整体规划结构以点、线、面激活，形成"一轴、一环、一心、六点"板块（图7-20）：

"一轴"是以沟域内的主要道路构建主要景观轴线，承担着景区内

图7-19　王家岔村宋长城景点设计

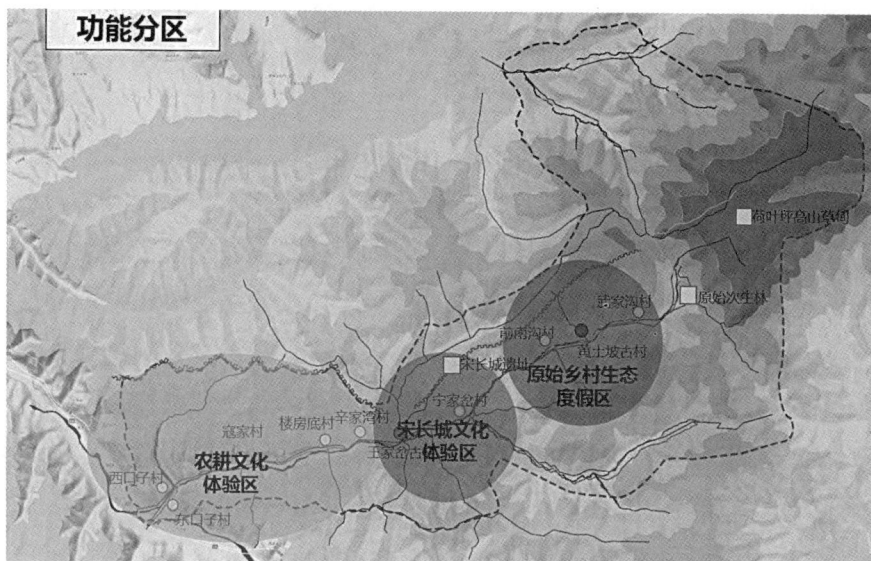

图7-20　王家岔沟域整体规划结构示意图

部主要的游客服务功能，景观功能，交通功能以及景区主要的旅游项目体验功能。"一环"主要是指新增的交通流线在重点景区范围内形成的环线。"一心"主要是指以王家岔村及距离王家岔村最近的辛家湾村和宁家岔村三个村子组成的重要旅游体验核心。"六点"主要是指除王家岔村、宁家岔村和辛家湾村组成的核心景区外的六个村落，这六个村落拥有各自代表性的景点特色，成为景区内部旅游项目重要的组成部分。

规划形成以王家岔村、宁家岔村组成的宋长城文化体验区；以西口子村、寇家村、楼房底村、辛家湾村组成的农耕文化体验区；以前南沟村、黄土坡村、武家沟村组成的原始乡村生态度假区（图7-21、图7-22、图7-23、图7-24）。

2018年4月，在岢岚县动土的季节，按照规划，王家岔村暨周边乡

图7-21　黄土坡主题民宿

图7-22　辛家湾自行车驿站

图7-23　口子村窑洞酒店

图7-24　武家沟驴友农家乐

村综合整治PPP 项目开工，此次王家岔村整治选择PPP模式，利用市场融资优势和市场运营管理的先进经验实施项目落地，是岢岚县的又一次有益尝试。

作为总指挥的高常青在结束了宋家沟村特色风貌和综合整治项目后，又接任了岢岚县新兴文旅产业总指挥的一职，新的挑战开始了。他要带领团队通过资源整合、资本运作、项目开发、合作发展等多种途径和形式，积极推进实施一批影响大、质量高、带动力强的文旅产业项目，充分发挥文化旅游资源优势，将资源转变为资本，转化为具有竞争力的产业优势、发展优势，做大做强岢岚文旅产业。

岢岚县古城文旅和棚户区改造项目全面铺开，县委县政府2017年在宋家沟村及周边村庄综合整治时执行一天一现场、三天一检查的工作节奏，到2018年，以天天到现场模式提速，全县域建设速度，直奔2020年摘帽脱贫，直奔全民致富。

2018年7月12日，忻州市委常委、岢岚县委书记王志东专题调研宋长城景区项目建设情况，实地查看施工情况，听取项目负责人汇报，详细询问设计细节，了解工程建设进度和存在的问题，逐一推进解决。王志东一再强调，在建设中探索研究PPP模式下的管理、运营、分配、营销、保障机制，对于项目建设，要列出任务清单，紧抓时间节点，倒排工期、盯紧进度，确保工程高效推进。同时要做好市场分析，把握不同消费人群、按节日节点进行主题策划；还要以文旅富民为目标，塑造品牌、活化资产；推动资产变资金、资金变股金、农民变股东"三变"改革；并且以精益求精、尽善尽美为原则，向全域旅游、乡村研学方向努力迈进（表7-1）。

岢岚县县域乡村综合整治工程建设部分项目投资估算　　表7-1

岢岚项目	所属乡镇	村庄名称	项目内容	投资估算（万元）
一期（1）	宋家沟乡1个	宋家沟村	整村改造	5200
二期（12）	宋家沟乡4个	高家湾村	拆迁、安置、民房改造、道路市政、景观、公建	380
		柳林湾村		548
		明家沟村		398
		铺上村		715
	岚漪镇3个	牛家庄村		928
		乔家湾村		809
		阳嵩塔村		500
	高家会乡5个	王家沟村	拆迁、安置、民房改造、道路市政、景观、公建	——
		砖窑沟村		——
		店坪村		1038
		五里水村		891
		西会村		1459
三期（1）	神堂坪乡1个	团城子村	民房风貌整治、安置、市政（道路给排水、亮化）、景观、公建	1200
四期（13）	西豹峪乡1个	马家河村	民房风貌整治、安置、市政（道路给排水、亮化、供暖）、景观、公建	1222
	温泉乡1个	温泉村		695
	大涧乡1个	吴家庄村		1179
	高家会乡1个	高家会村		1460
	王家岔乡9个	西口子村	旅游工程、民生工程	207
		寇家村		818
		楼房底村		995
		辛家湾村		887
		王家岔村		6779
		宁家岔村		1391
		前南沟村		829
		黄土坡村		1342
		武家沟村		858

图7-25　火箭军基地团城子
村标

　　岢岚县宋家沟新村成功的范例极大鼓舞着贫困面大、贫困程度深、脱贫难度大的忻州市。忻州地区14个县（市区）中11个国定贫困县，3个特困县，像已经退出的赵家洼一样的特困村有797个，都将在2020年底以前完成脱贫，实现了彻底解决区域整体性贫困。忻州市市长郑连生在2018年两会上承诺"我们的任务就是按照习近平总书记的要求，让每一个赵家洼都成为宋家沟，让每一个宋家沟在新的起点上取得更大发展"。岢岚县、忻州市从宋家沟村出发，所有的贫困村正以各自的资源禀赋加入了"产业+""旅游+"的实践，开展适合各村实际的开发建设。

　　乡村持续发展工作室在完成岢岚县48个村庄的系统乡建后，又奔赴了山西沁源、定襄、隰县、翼城、高阳、宁武、大宁、繁峙和太谷，乡村持续发展工作室的脚步几乎遍布了整个山西，这仍然应归功于宋家沟试点建设的影响力。尤其值得一提的是，太谷县是我国老一辈农村问题专家杜润生先生的老家，现在由长期从事乡村建设的中国乡建院实施建设，也算是对杜润生先生最好的祭奠。

远没有结束

后续——

2018年5月31日，在习近平总书记视察宋家沟村一年之后，中央政治局召开会议，审议《乡村振兴战略规划（2018—2022年）》和《关于打赢脱贫攻坚战三年行动的指导意见》；再次强调农业农村优先发展，按照产业兴旺、生态宜居、乡风文明、治理有效、生活富裕的总要求，加快农村推进治理体系和治理能力的现代化，加快推进农业现代化，走中国特色社会主义的乡村振兴道路，让农业成为有奔头的产业，让农民成为有吸引力的职业，让农村成为安居乐业的美丽家园。会议指出，未来3年，还有3000万左右农村贫困人口需要脱贫。我们必须清醒认识打赢脱贫攻坚战面临的困难和挑战，要坚持精准扶贫、精准脱贫基本方略，坚持中央统筹、省负总责、市县抓落实的工作机制，坚持大扶贫工作格局，坚持脱贫攻坚目标和现行扶贫标准，着力激发贫困人口内生动力，着力夯实贫困人口稳定脱贫基础，着力加强扶贫领域作风建设，确保到2020年贫困地区和贫困群众同全国一道进入全面小康社会，为实施乡村振兴战略打好基础。

2018年7月5日，习近平总书记对乡村振兴实施又作出指示，要求各地区各部门要充分认识实施乡村振兴战略的重大意义，把实施乡村振兴战略摆在优先位置，坚持五级书记抓乡村振兴，让乡村振兴成为全党全社会的共同行动。习总书记强调，要坚持乡村全面振兴，抓重点、补短板、强弱项，实现乡村产业振兴、人才振兴、文化振兴、生态振兴、组织振兴，推动农业全面升级、农村全面进步、农民全面发展。要尊重广大农民意愿，激发广大农民积极性、主动性、创造性，激活乡村振兴内生动力，让广大农民在乡村振兴中有更多获得感、幸福感、安全感。

2018年9月27日，中共中央、国务院印发了《乡村振兴战略规划（2018—2022年）》，并发出通知，要求各地区各部门结合实际认真落实。

"产业兴旺、生态宜居、乡风文明、治理有效、生活富裕"是乡村振兴的标准，脱贫攻坚是为乡村振兴打基础，无论乡村振兴战略还是脱贫攻坚战略都是要解决农业农村农民问题。我国是农业大国，农业强不强、农村美不美、农民富不富关系到国计民生的根本性问题，乡村振兴战略决定着全面小康社会的成色和整个国家现代化水平，决定解决人民日益增长的美好生活需要和不平衡不充分发展之间矛盾的程度，因此成为全党全国的中心工作。

所有高层会议精神指向明晰，乡村振兴不是指村舍村貌的形式振兴，乡村振兴既要美丽乡村，又要有幸福农民和活力农村。这就需要解决好"谁来振兴"和"怎么振兴"的考题。相信农民、依靠农民，尊重农民主体地位，这是乡村振兴的出发点和落脚点所决定的。只有这样，在实施乡村振兴行动中才能听农民真实的呼声，保证各项决策都得到农民认可、拥护和支持，使农民成为农村改革的参与者。乡村振兴要实现农业全面升级，农村全面进步，农民全面发展，同时要复

兴乡村传统文化，提升乡村综合素质，凝聚乡村的人气，让农民成为有吸引力的职业，更多的人加入到农业发展中，让农业这个几十年的第一产业继续领跑经济社会的发展。

岢岚县委县政府带领全县人民在易地搬迁扶贫中，以整村搬迁、村庄特色风貌整治、文旅引领致富等方法和策略攻克贫困，振兴乡村，借助一直倡导组织乡村、建设乡村、经营乡村和治理乡村的乡建院专业团队的技术、经验和力量共同打造宋家沟村试点，摸索岢岚县乡村产业振兴、人才振兴、文化振兴、生态振兴、组织振兴的可能和经验，取得了巨大成效。在习总书记到宋家沟视察后一年里，县委书记王志东带领县委一班人整村搬迁115个村，交账交卷，而被国务院扶贫开发领导小组授予了《2018年全国脱贫攻坚奖候选人（组织）》中的个人贡献奖。

但是，忻州市常委、岢岚县委书记王志东深知这仅仅是万里长征走出的第一步，他冷静地意识到，物质层面完美了，接下来更难的社会治理还在后面。他认为，看得见的硬件建设可以很快完成，看不见的软件建设就不是一朝一夕的事了。王志东说，岢岚县本来就是产业基础薄弱、市场氛围不浓、企业家队伍匮乏的环境。农民组织起来，需要通过市场的办法、规则的意识、法律的制度把人心凝聚起来，在治理过程激发农民的内生动力。王志东清醒地意识到，对于岢岚县脱贫，仍然需要从政治高度上认识其攻坚的重要意义，对发展中遇到的问题和困难，要耐心摸索，对于乡村振兴都要用改革的思路、市场的办法、规则的底线制约。岢岚县最终要复兴的是人群的复兴，是农民真正可以自食其力，自力更生，通过自己的双手创造生活富裕，并且有意愿有能力为别人做点什么、为社会做点什么，才能说完成了振兴的第一步。

显然宋家沟村试点的实践远没有结束。

随着整村搬迁的全面告捷，战略重点转移到整村提升和整顿风貌上（图8-1），要画出最新最美的画，打磨出留得住的乡愁和山水田林路村生命共同体。接下来的路，比搬迁更难，有153个村，需要下绣花功夫。

2017年4月宋家沟村和王家岔村先行先试启动了岢岚县内置金融村社体系项目建设，明确指出：一是探索农村改革新机制，找到一条扶贫资金在精准扶贫和巩固脱贫可持续的新路子，发挥"多个渠道引水，一个龙头放水"的效能；二是解决当前农村发展内生动力不足的问题，使农民由"要我发展"变成"我要发展"，壮大和恢复集体经济，促进农村经济的二次飞跃；三是切实解决部分村级组织供给无效和金融供给无效的问题，提升村两委组织和服务农民的能力，重建村社体系。

经过一年多的运行实践，宋家沟村金融扶贫互助合作社通过引导村民产业转型和创新，提升了经营意识。由于宋家沟的试点效应和特定的政治资源优势，参观考察人员多批次的到来，已经显现乡村旅游产业雏形，为进一步发展提供了条件。村民的资金需求逐渐扩大，互

图8-1 在街道上追逐嬉笑的孩子

助金已借出近百万元。随着旅游人群的增加，上街摆摊设点的村民多了起来，创收也从5万元之多渐渐增长，显示了发展服务业的潜力。针对宋家沟村优质杂粮资源销售，搭建了电商平台，合作共赢，共闯市场。社工协助设计包装，品牌化运营，让宋家沟的优质农产品穿上了"龙袍"，登大雅之堂，走出了宋家沟，进入千家万户。同时帮助贫困户纳入电商帮扶对象，从包装到售价给予优惠，让贫困户通过市场渠道获得农产品增值收益。

王家岔村宋长城景区及周边村庄整治开工前，王家岔乡连心惠农乡村旅游专业合作社已经先行运作了一年。成立之初合作社没有把款全部贷出去，本来打算在2018年4月宋长城景区一期建设中，以合作社的名义参与建设所需钢材水泥等建筑材料的销售业务，争取盈利。理事长常在虎说，但由于没有利润空间、资本运作风险大，也难以管理，这事就搁浅了。常在虎说，钱放在账上比较保险。运转一年，贷给乡亲们的100多万都已回款。现在合作社运营仍然以借贷业务为主，一来为贫困户解决资金周转困难，二来为合作社赢得收益。常在虎说，现在看，利用资金互助也可以获取可观利润，足够合作社日常办公开支，以及为本社社员和贫困户分红了。王家岔村民在内置金融社的机制下迎来文旅致富的新机会，随着宋长城景区旅游大潮到来，合作社将利用手中的资金带动更多的村民发展生产、发展经济。

两个合作社同时成立的，各有千秋，但共同的是合作社有序推进，稳步提升了合作社服务社员和村民的能力，凝聚了人心；同时激发了"我要发展"的内生动力，并在"三起来"（农民组织起来、资源集约起来、产权交易起来）促"三变"（资源变资产、资产变股金、农民变股民）的路上小步慢跑努力着。

无论是宋家沟村内部的提升发展，还是王家岔村的建设改造，岢岚县乡村建设发展在行进中。每周一，县里干部齐刷刷8时30分准时来到脱贫攻坚指挥部，通报各乡的情况后，每个干部认领一周任务，就兵分数路，直奔乡下。他们以天天到现场的方式，现场发现的问题，现场解决。随着整村搬迁全面告捷，战略重点转移到了整村提升和整顿风貌上。接下来的路，比搬迁更难，岢岚县有153个村，需要下足了功夫，打磨出留得住的乡愁和山水田林路村生命共同体（图8-2）。

还有高常青曾经在提案中说到的，通过乡村产业发展，解决经济来源，解决持续发展，最终解决乡村的秩序重建。对此，高常青解释说，一个地区之所以贫穷，是人出了问题，穷的地方的人大多是漠然接受现状，不求改变。乡村振兴、乡村建设是通过外力改变现状，改变乡村人的心态和精神，乡村振兴最难的是怎样激发农民自己求变求兴旺的心理，这是最重要的问题。现在宋家沟村、岢岚县全域乡村的建设和治理仅仅达到了阶段性目标，要让宋家沟村越走越富裕、让岢岚县越走越远，我们还需要边走边探索，以真正实现宋家沟村自管自治。

宋家沟还在路上。

图8-2 雨后的宋家沟更加别有风味

自宋家沟乡村综合治理以后，岢岚县一年间完成了整村搬迁115个，为大面积易地搬迁扶贫蹚出一条路子，贫困地区群众命运在大迁徙、大转移中完成了转变。王志东反复强调"这不是一个人的攻坚，是党中央号令之下千军万马的奔腾。"随着岢岚县整村搬迁的全面告捷，战略重点已转移到整村提升和整顿风貌上，在画更新更美的乡村图景，在打磨出留得住乡情的山水田林路村生命共同体。接下来的路，岢岚县需要下更大的气力。2018年9月，在县委中心组理论学习时，王志东就垃圾治理说，"大到乡村振兴战略，小到县域垃圾治理，是一份基本责任，也是一项民生工程，"乡村建设无小事，乡村振兴是系统工程，岢岚县视垃圾为推动农村全面进步、农民全面提升的大事来做。从垃圾做起，培养农民新习惯为乡村振兴打下人的基础，这仅仅是岢岚县乡村建设的一件事，将花费多少人的精力和心血，不得而知，未来的乡建路有多艰辛，更是未知。

岢岚县在路上。

2018年9月23日，农历戊戌年八月十四，是传统节气秋分，我国迎来了第一个农民丰收节，以后每年的农历秋分为农民丰收节。设立一个节日，由中央政治局常委会专门审议，是第一个在国家层面专门为农民设立的节日，这是很罕见的，充分体现了中央政府对"三农"工作的高度重视，对广大农民的深切关怀，对乡村振兴的坚定决心，这是一件具有历史意义的大事，是一件蕴涵人民情怀的好事，是中国兴旺的幸事。"中国农民丰收节"，不仅希望最大化地调动起亿万农民的积极性、主动性、创造性，提升亿万农民的荣誉感、幸福感、获得感，同时希望全社会重视农业、关注农村、关怀农民，企盼第一产业农业继续领跑我国社会经济的发展。

乡村振兴也在路上……

附：乡村持续发展工作室的乡建之路

　　每个设计团队都会有属于自己的风格和特点，乡村持续发展工作室也是如此。区别于其他以单体乡建建筑为强项的团队，乡村持续发展工作室多以承接政府的整体村庄改造的项目为主，根据政府对村庄改造的投入程度和对村庄的基本定位来制订特色化的村庄改造。项目多分布在山西，呈县域化推进状态，目前在做整村改造的有岢岚县、沁源县、晋源区等，其中山西岢岚县域项目已涉及50个村庄。

　　团队中的年轻人很多，多为毕业2~3年的景观设计师和建筑设计师，他们中有些来自农村，有些来自城市，都是因为对乡村建设的热爱聚在了一起，这里没有特别出众的大师，也没有技术非常高超的牛

人，团队的核心竞争力在于协作，无论什么时候都以共同完成项目为第一要务，每个人在团队中会发挥自己的特点和擅长的方面，让所有的工作能够快速运转，实现高效。这让我想到一辆快速奔驰的列车，工作室团队中的成员如同火车上的每一节车厢、每一个零件，在列车长的操纵下驶向不同的旅程。

工作室的乡建实践没有厚厚的文本，没有那么多理论上的术语。在与政府沟通时我们展示的是直观的建筑改造效果，在与基层干部沟通时我们提供的是现场能指导施工的图纸，在与施工队匠人沟通时我们用非常直白的语言来对话。这就是乡建，面对不同层次的人，作为设计师，需要有随时转变角色的能力，运用恰如其分的工作方法才能让图纸真正落地实施。

在不断实践成功的整村改造项目中，乡村持续发展工作室整理出村庄建设六大原则：

（1）界定好村民的私人空间和公共空间，优先改造公共空间；

（2）村民的私人空间改造必须一户一图，分清界限；

（3）村庄建成后必须一村一册，预留建造方式；

（4）有历史特色的建筑原址原貌原大小进行改造，活化空间；

（5）改造设计的建筑必须包含当地村庄的风貌元素；

（6）植入的公共空间包括村标、村民交流场地、儿童活动空间、协作者空间、村史馆、老人食堂、图书馆、乡里乡味、乡食乡货、公厕浴室。

乡村持续发展工作室的乡建路，无论工作或是生活都是在村庄驻地，有铺的地方就能睡，有食堂的地方就能吃，有桌子的地方就是工作台，任何时候都需要随遇而安，吃苦耐劳。这也是乡建，呼吸乡村新鲜的空间，体验乡村实际的生活状态，才能感知村庄实际需要解决的问题。

　　工作室的设计团队每个成员是村庄里新一代的建造匠人。很多人说我们的工作方法跟当地村庄里的老师傅手法一样，都是看地建房，现场指挥。我认为这是一种能力，中国古老的建筑文化在电脑技术普及之前都是属于匠人传承，尤其对于村庄的建设更是如此，这样生长出来的村庄才会有历史的延展性，才具备乡土的味道。

　　政府支持下的村庄建设，各种需要考虑的问题错综复杂，我们更是政府的协作者，用技艺去改造一个又一个村庄的面貌，让住在村子里的人安居，让整体的县域人居环境因为我们的努力而改变。

宋家沟易地搬迁扶贫安置点
与特色风貌整治团队成员（按汉语拼音首字母排序）

白严严　乡村持续发展工作室设计师
协作者的真正意思并不是我们设计师、社工等外来团队是协作身份，而是政府、乡建者，甚至我们一贯认为的主体农民也是协作者——从时间、地理以及阶层甚至文化艺术方面看：现阶段的乡建是糅合、融合、形成另一种主体的阶段。

陈菲菲　乡村持续发展工作室设计师
山清水秀的环境，民风淳朴的小村，与时俱进的生活配套，那是我们向往的生活。

高璐璐　乡村持续发展工作室设计师
走在宋家沟美丽整洁的街道上，我的心里想，也许对村民来说，把路修好，把房子建好比什么都重要，我们一定要做好这些，但同时我们要做的不只这些，不然，美丽整洁的街道还是会有破败的一天。

贾海鹏　乡村持续发展工作室设计师
作为乡建设计师的我们永远在路上，在田间，在塘边，在村里，在炕头上，在一顿村民的酒桌前，在一堂村民的大会上，在村民的心中……

刘凌燕　乡村持续发展工作室规划师
乡建的未来一定是多专业融合参与的过程，乡建工作者从实际参与乡村建设的不同层面去影响和引导村民重新认知乡村生活的美好。

李明初　乡村持续发展工作室设计师
设计师作为协作者，能为村庄发展所做的太少，但乡村走综合性发展道路是必然，如何助力村庄走上内涵式的发展道路，是乡村设计师的使命。村庄建设是否成功最简单的衡量标准：村内外的年轻人愿意回来"扎根"。这一点宋家沟起到很好引领作用。

彭涛　中国乡建院副院长
宋家沟易地搬迁扶贫安置点及特色
风貌整治项目经理
农村是一个大舞台，基层是一个大
课堂，农民是一名好老师。乡建设
计是从农村中来，再回馈给了乡村。

彭自新　乡村持续发展工作室设计师
乡村是设计者学习之地，不是实验场所，设计需适度。

王俊堡　乡村持续发展工作室设计师
设计源于生活，设计服务于生活，方便更多村民
的生活，提升生活质量，是我们义不容辞的责任。

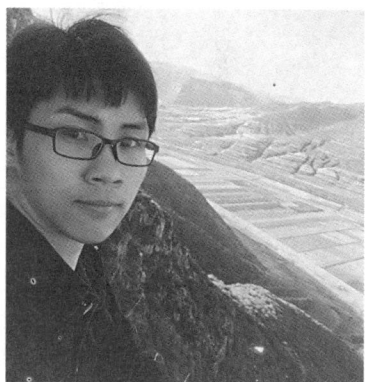

严景业　乡村持续发展工作室设计师
乡建，让我感受到了作为一个设计师在
乡村建设中的重要性，特别是在整个项
目结束后能看到村民的笑容，我很开心。

杨建飞　乡村持续发展工作室设计师
不以农民利益为出发点不能深层次解决农村发展问题的一切乡村建设都只是个伪命题。

尤彦兵　宋家沟社区营造协作者
和村民一起，激发村民的主动性是工作的最基本出发点。

赵文华　乡村持续发展工作室设计师
乡建就是找回昔日消失家园的再生者。

智艳　宋家沟社区营造协作者
人与人交往要明晰界线，乡建过程也如此，尊重主体，明确职责，讲究方法，否则激发不了主体性，反而容易激发人性的恶而不是善。

乡村建设之于我本无渊源。

和大多数国人一样，因时有听到或看到三农问题、留住乡愁、空心村、土地板结、化肥农药侵蚀等话题，乡村建设才得以碎片化地进入我们的认知中。如果说比常人了解多点，那要归功于在做《中华环境》杂志主编时深度策划过乡村议题，这成为此次能够参与"新时代中国乡村振兴指南"丛书写作的基点。如果不是乡村振兴战略，恐怕是没有机会如此深入到乡村建设一线，可以更深刻、更全面、更系统、更细致地与乡村无缝对接，感受不曾熟悉的气息和氛围，体味乡村建设的难点和热点。

因为丛书的编撰工作，2018年春回大地的时候，如约来到了"中国乡村振兴讲习所"——郝堂，当听完乡村可持续发展工作室负责人彭涛介绍宋家沟的整个建设过程时，瞬间生发要写宋家沟如何蜕变的冲动。凭借着多年职业经验，清晰地感到宋家沟有几个值得写一写的节点：

其一是精准脱贫。精准脱贫对于国家来说，是我国的首创，是从

国家层面，解决我国最后4000多万贫困人口的生存顽疾、生态恶劣和生活无基础等问题。精准扶贫直接关系到我国是否走社会主义道路的根本性问题，共同富裕是中国特色社会主义的本质规定，先富后富再共同富裕，除了让有能力有条件发展经济的人能够脱贫致富，也创造条件，让特困地区没有能力的人群脱贫致富，对每个困难人口进行扶贫，这是精准扶贫，精准脱贫实现共同富裕思想的核心所在。宋家沟村和所有特困地区一样，自然条件差，基础设施薄弱，贫困家庭致贫多样复杂，脱贫缺劳力、缺资金、缺技术，最重要的是他们普遍缺乏致富信心，内生发展动力严重缺失。然而经过77天的建设，宋家沟蜕变成美丽乡村的经验，对启发各地探索适合本地区精准脱贫的思路和做法具有积极的借鉴作用。

其二是乡村振兴战略的实施。2017年，习近平总书记在党的十九大会议上提出乡村振兴战略；2018年，国务院公布2018年中央一号文件，提出《中共中央国务院关于实施乡村振兴战略的意见》；2018年9月，中共中央、国务院印发了《乡村振兴战略规划（2018—2022年）》，乡村振兴战略全面实施。乡村振兴之所以上升为国家战略，是因为农村问题集中了社会稳定、经济持续、粮食安全、人口素质、未来发展等综合问题，关系到我国未来的长治久安。宋家沟村全面建设的思路和做法对乡村振兴战略实施具有引领作用。

其三是乡村建设的理念和方法。李昌平这个名字对于许多人并不陌生，但是他的乡村建设理念和他带领团队十年的实践却很少被广大读者所了解。特别是乡村振兴的国家战略实施以后，乡村建设的经验和方法更显得弥足珍贵。

这是契合时代的主题，能遇到一个时代壮阔激烈的主题，对于多年从事新闻的人来说是件幸事。凭着职业热情，开始收集资料、现场考察、采访当事人，与村民座谈……然而，真正下笔要呈现宋家沟的蜕变时，我惶恐了，没有底气了。历史从来都是创造历史的人书写的，作为记录者，深感在书写者面前力不从心和束手无策。感谢乡村可持续发展工作室团队对本书的大力支持，尤其要感谢刘凌雁、尤彦兵、智艳和魏玲等同志的鼎力相助，感谢乡村可持续发展工作室为本文提供了大量图片，使《宋家沟的远方》得以完成出版。

眼下又是黄花遍地时，春风送暖，桃花、油菜花、梨花相继怒放着一路北上，人们纷纷脱下冬装，走出房门肆意享受阳光、花香和乡村清新的风。这是年复一年的人间美景，这是一代又一代人皈依的美好，我们已丢失了很久。舌尖上的中国在乡村，诗和远方在乡村，现在写宋家沟，写乡村建设，就是在追寻让我们走得更远，更幸福的美好。

屈遐

2019年4月